ストームブレイカー
冒険者パーティー
サニィ
サンドラ
「そっちのチキンとって」

アイス・キャ

「当然っ」

レイン
「そうだ、
ボクの酒が
飲めんってのかぁ！」
モノグ
「いや、
そうは言ってない
けれど……」

スノウ
「アァ？ お酒を飲みゃあ、
酔うでしょうがぁ」

Illustration クロがねや
「ちゃんと支えてね？」

雑用係兼支援術師はパーティー追放に憧れる

世間は追放ブームなのに、
俺を過大評価するパーティーメンバーたちが
決して手放そうとしてくれない

としぞう
Illustration クロがねや

CONTENTS

冒険者パーティーの雑用係兼支援術師

「おい、また追放者が出たってよ。しかもあの大手パーティー、『バロミデス』のサポーターらしい」

「マジかよ、最近多いな……でも、バロミデスで活躍してたような奴なら引く手数多(あまた)だろうな」

そんな偶然耳に入ってきた会話に、俺は思わずグラスに注がれたエールを煽(あお)った。

先の会話を交わしているのは中年冒険者たちだ。知り合いではないが、話している内容が内容なため、自然と俺の耳にもするっと入ってきた。

へぇ、『バロミデス』がサポーター切りねぇ……確かあそこはこの町の冒険者パーティーのランキングでも上位1ケタ台だった筈だ。あそこが動いたとなればそれなりな影響が出るだろうな、なんてつい苦い分析をしてしまう。

現在、この世界には〝冒険者〟という職業に就く者が溢(あふ)れている。

一般的に冒険者は世界各地に存在する〝ダンジョン〟という、地下深くに広がる階層型の迷宮で一攫千金を求める連中を指す。

なんでもダンジョンの最奥には人知を超えたお宝が眠っており、それを手に入れた者は想像もつかない程の栄光をその手に収められるらしい。実際誰もその最奥を見たことがないのだから、信ぴょう性なんて殆どないのだけれど。

ただし、そんな最奥に関する眉唾な噂だけがダンジョンの魅力というわけではない。

ダンジョン内で取れるアイテム——中に巣食う魔物の身体の一部や鉱石などの素材は地上でも活用されているため、高値で取引されている。冒険者はダンジョン内でアイテムを手に入れ地上で売ることで生計を立てられる。だから、ダンジョン攻略を進めるよりも、食い繋ぐことに重きを置く冒険者も少なくない。

まぁ、冒険者なんてギャンブラーみたいなものだ。当然死ぬ危険性だって高い。攻略を諦め安定を求めるというのは、別に否定されることでもないだろう。

方針は人それぞれだ。

「ていうか、大手でもサポーターって切るもんなんだな」

「ああ。バロミデスがやったんだ。あそこを真似してサポーター切りするパーティーもどんどん増えてくると思うぜ。俺ぁ、前衛職で良かったぜぇ」

「俺も。まぁ、実際、切るって選択肢もあながち変な話じゃねぇよな。だってよぉ、俺達が前線で身体張って、魔物と戦ってるっていうのに、サポーターの連中は後ろでぼけーっとしてんだぜ？

それで同じ〝冒険者〟を名乗られてもなぁ？」

引き続き、先の冒険者たちの会話が耳に入ってきて、俺はグラスに残ったエールを全て煽った。

聞きたくもないのに俺の耳がバッチリと会話を拾ってしまうのは、彼らの話は決して他人事ではないからだ。

俺は彼らと同じく冒険者、そして彼らの話題に上がっているサポーターなのだから。

彼らのようなアタッカー……前衛職とも呼ばれる連中は魔物に対し、武器なり魔術なりを使って戦うのが仕事。

対し、サポーター……後衛職とも呼ばれる俺達はそんなアタッカー達を補助し支えるのが仕事だ。

サポーターはアタッカーがいて初めて冒険者として成立する。専門が違うのだ。サポーターの殆どは魔物と戦うための技能は持っちゃいないし、収入のメインになる魔物の素材獲得に直接貢献できないのは揺るぎのない事実である。

サポーターの活躍が目立つというケースは非常に稀で、低い評価を受ける傾向は強い。実際、本当に何もしていない……否、サポートをする必要が無い状況も存在するので、あまり声を大にして反論できないのがツラいところだ。

ただ、冒険者業界には〝冒険で得た利益はパーティー内で平等配分する〟という基本思想が根付いている。

たとえアタッカー同士であっても誰がどれくらい貢献したかと追求することは揉める原因にしかならないので、その日得られた成果はパーティー内で均等に割ると決めていた方が楽だよねっていう話だ。

冒険者界隈にはこういった様々な慣習、ないしはルールが存在しているが、それらを取りまとめているのは冒険者ギルドという組織だ。

冒険者ギルドは冒険者の活動を支援することを目的に作られた組織で、冒険者同士を繋げたり、町の人達からの依頼を取りまとめ冒険者を斡旋したり、また規制を定めることで腕っぷしだけの冒険者たちが〝ならず者〟にならないよう管理してくれている。

彼らに睨まれれば冒険者としての活動がまともにできなくなるとあって、基本どのパーティーもそのルールを順守している。

だからどのパーティーであっても、アタッカーで身体を張ろうが、サポーターがダラダラしていようが手に入れる金は同じというわけだ。

おかげで余計にサポーターは役立たずのただ飯食らいなんて印象はどんどんと膨らんでしまい、それはすぐに〝役立たずのサポーターをパーティーから追放する〟という動きに変化した。

単純に、人数が減れば1人当たりの分け前が増える。

そして、居ても居なくても変わらないサポーターならば切ってもリスクは無い。

そんな理屈は悲しいけれど、全否定できるほど暴論ではないというのも事実だ。

『バロミデス』のサポーターとは面識が無い。しかし、有名パーティーのサポーターを張っていた奴ならその技能も推して知るべしといったところだろう。

それでもパーティーを抜けた……もしかしたら一身上の事情というやつで、例えば急遽家業を継がなければいけなくなったとか、現状の流れとは全く違う理由での脱退かもしれないけれど……まあ、それは邪推というものだ。

『バロミデス』と関わりのない俺を含めた多くの冒険者からしたら、この一件もサポーター切りの流れの中にあると思うことが自然である。

なんともままならないものだ。俺は見たことも無いそのサポーターを思い、また何度目かの溜息を吐いた。

「どうしたのさ、モノグ？」

そんな現状を嘆いて1人溜息を吐く俺に、声がかかる。

俺と同じ酒の席を囲んでいる、俺が所属する冒険者パーティー『ストームブレイカー』のリーダー、レインだ。

肩くらいまで伸びた金色の髪と、パッチリとした碧眼。冒険者ギルドが発表している、〝イケメン冒険者ランキング〟で上位に位置する程度に、美麗な顔立ちをしたイケメンである。

若干女顔ではあるが、まぁ、世の女性からしたらそれもまた良いのだろう。

そんなレインは、あろうことか同性の俺に対してその美顔をグイっと、鼻と鼻がくっつきそうな距離まで近づけてきた。

その頬はほんのり赤らんでいて、目もじとっとした半目ではあるが、少しばかり無防備に蕩けているように見える。

うん、明らかにアルコールが回っている証拠だ。

「モノグ、全然酒が進んでいないじゃない。ほら、もっと飲みなよ！　遠慮しなくていいから！割り勘なんだしっ！」

そう調子良く言いつつ、エールが半分くらい注がれた自分のグラスを顔に押し付けてくるレイン。

いくらイケメンであっても酒に溺れればただの酔っ払いだ。

まぁ、コイツは結構酒に強いので、まだ半身浴程度……その場のノリというものに乗っかっているだけだろうけど。

というか割り勘なら結局飲んだだけ自分にも返ってくるんだし、お得感無いんですがそれは……。

「何よモノグ。ボーっとして。リーダーの酒が飲めないってワケぇ？」

「そうだ、ボクの酒が飲めんってのかぁ！」

「いや、そうは言ってないけれど……ていうか、スノウ。お前も結構酔って――」

「アァ？　お酒を飲みゃあ、酔うでしょうがぁ」

ワイングラスをプラプラと揺らしながら、持ち前の鋭い双眸で睨みつけてくるスノウ。

光を反射させ眩しく輝く銀色のツインテールと、鮮血を吸ったみたいな紅蓮の瞳が特徴的な美少女だ。

「ちょっと2人とも変な絡み方しないの。モノグ君が困っているじゃない」

「何よ、サニィ。ポイント稼ぎぃ？」

そしてそんな酔っ払い2人を彼らと同じく席を囲むお姉さん、サニィが止めてくれる。

お姉さんと言ってもまだピチピチの20歳だ。19歳である俺、18歳であるレイン、スノウと比較して年上というだけだが、年長者としてリーダーのレインとはまた別に、持ち前のおっとり落ち着いた性格で、まるで母親のようにチームを纏めてくれている。

緩くウェーブした深緑色のロングヘアー、慈愛を感じさせる優し気な緑色の瞳、そして何よりたわわに膨らんだ女性的な胸が特徴な、これまた大層な美人さんである。

酒の席にありながら平常通り落ち着いた様子に、緩く叱られたレイン、スノウは反省を見せる
――わけでもなく、逆にジト目を向けた。

まぁ、気持ちは分かる。サニィの前にはいくつもの空瓶が並んでいた。そしてその瓶に元々入っていた酒は、現在全てサニィの胃に収まっていた。

まるで〝飲みすぎ〟とたしなめるような口調ではあったが、レインもスノウも、彼女にだけは言われたくないだろう。

サニィはいくら飲んでも変わらない酒豪さんなのでそんな文句を口に出したところで虚しくなるだけなのだが。

ちなみにスノウがサニィに向けた〝ポイント稼ぎ〟という発言は、2人が共通の幼馴染であるレインに〝気がある〟からに他ならない。

この3人は同郷で、生まれた時から仲が良かったという。俺は彼らが冒険者パーティーを結成したタイミングで加わったので詳細は知らないが、男女の壁を感じさせないとても親しい仲だということは理解している。

見た目的にも美男美女で中々に絵になる彼らだ、実力以外にもその見た目でそれなりに有名になったストームブレイカーは、噂だとそういう界隈で〝レインと誰がくっつくか〟と論争が起きているらしい。どんな界隈だ、それ。

まぁ、そういうこともあり、蚊帳の外の俺は少々肩身の狭さを感じずにはいられない。別に俺は彼女らに対し、なにか下心を抱いているわけではないので、慣れてしまえばあまり気にならなかったりもするのだけれど。

「モノグ」

レイン、スノウ、サニィの3人の会話の輪が生まれたことで、気持ち少しばかり離れる俺に、あまり抑揚のない声が掛けられる。

「どうした、サンドラ」

同じく、ストームブレイカーのメンバーであるサンドラだ。紫色の若干ぼさっとしたショートへアと、いつも眠そうに細められた同じく紫色の瞳が特徴的な、小動物のような気配を感じさせるこれまた中々の美少女である。

「そっちのチキンとって」

酒は16歳以上の成人からしか飲めないという法律に従い、ミルクで我慢している15歳の彼女だが、その分食い気は中々のものだ。

既に結構な量を食べている筈だが、俺がローストチキンの載った皿を差し出すと、空腹にも思えるほど勢いよくガツガツと食べ始めた。

サンドラは俺と同じくレイン達の幼馴染ではなく、パーティー結成から半年後くらいに加わった一番の新人だ。ただ、だからといって冒険者として未熟かというと、むしろその逆。ちんまい形(なり)をしているが、いざ戦闘となれば自分の身長よりも大きい大剣を振り回すゴリゴリのパワーファイターに変貌する。無表情で抑揚のあまりない性格は変わらないけれど。

現状、容姿で注目を受けることの方が多いストームブレイカーであるが、何も彼らは見た目だけではない。どいつもこいつも冒険者として、実力的にも粒揃いだ。

レインはサンドラと対照的に身軽さを売りにした双剣士。魔物との戦闘の際には最前に立つことも多く、素早さと手数で敵の攻撃を引きつけつつ翻弄(ほんろう)する、パーティーの〝盾〟でありながら優秀な〝剣〟でもある。

力任せに敵を打ち砕くサンドラを剛とするならば、レインは柔。2人の剣士を敵の特性に合わせてぶつけることができるのはこのストームブレイカーの強みと言ってもいいだろう。

そして、そんな2人を〝攻撃的に〟支援するのがスノウとサニィだ。

スノウは攻撃魔術に特化した魔術師で、ストームブレイカーでは唯一の魔術アタッカーである。特に氷結系の魔術に特化しており、広範囲高威力が持ち味だ。

即興で魔術をアレンジする応用力、凄まじい集中力……一応俺も彼女と同じく魔術師に分類される冒険者だが、だからこそ彼女がどれほど非凡な存在かは嫌というほど分からされている。

サニィはそんなスノウよりも更に遠距離攻撃に特化した弓使いだ。愛用の弓から放たれる矢は文字通り百発百中。針の穴を通すかのように、確実に魔物の弱点を寸分の狂いなく射抜く。

更に魔術的な才能も有しており、簡単な回復魔術などはたどたどしくありつつも使うことができる。

ゆくゆくは矢に回復魔術を付加し、遠く離れた相手に付与することもできるようになるかもしれない。

誰も彼も、その分野では天才と呼ばれる才能の持ち主だ。

そして同時に向上心も持ち合わせている。

ストームブレイカーは結成から1年程度のまだ若いパーティー。だからこそ将来性は計り知れない。

だからこそ、俺という存在も悪目立ちしてしまうのだけれど。


俺は知っている。周囲の冒険者たちが俺のことをお荷物だと揶揄（やゆ）していることを。

俺は支援魔術を全般に扱う支援術師。ストームブレイカー唯一のサポーターだ。

いかに新進気鋭の天才パーティーの中においても、俺が1人では魔物と戦うことができないという事実は揺らぐことがなく、むしろ綺麗なハンカチについた一点の汚れのように誰の目にも明らかな形で浮かび上がってしまう。

そんな俺も何とか自分の価値を示そうと、細々（こまごま）とした雑用も率先して行っているので雑用係兼支援術師ってところか。実際、俺と同じような目的で雑用をこなすサポーターも少なくないとはいえ……改めて考えれば、余計に自分たちの価値を貶（おとし）めているように思わなくもない。

もちろん、雑用だって必要なものだし、見下すなんてありえないのだけれど……そんな理性が通用するのであれば、今頃サポーター界隈がこうも追い詰められている筈も無いのだ。

「はぁ……」

グラスに再びなみなみと注がれていたエールを、俺は一息で飲みきった。

独特の苦みが喉の奥に広がるが、慣れ親しんだはずの味が今日は何故だか普段より更に苦く感じられた。

ストームブレイカーはどんどんと有名になっていっている。

ギルドの発表によれば、ストームブレイカーは結成から現在に至るまで、過去最速でダンジョン攻略を進めていっているという。

1か月に1層攻略でも速いと言われている中、1年で第18層まで辿り着いた。ギルドの出している冒険者パーティーランキングでもこれまた過去最速で2ケタ台、98位に上り詰めた。

この都市限定のランキングとはいえ、登録パーティー数は千を超え、現在も増え続けている。

実績だけではなく期待値込みの評価なのかもしれないが、僅(わず)か1割の上位に名を連ねることは十分名誉な話に違いない。

しかし、それでもなお俺のことを快く思わない連中は存在している。それがストームブレイカー自体への妬みであるならまだマシだが、しかし、本気でストームブレイカーを応援し、期待しているという者による声も少なくない。

実際、良かれと思ってリーダーであるレインに俺をクビにするよう直接アドバイスをしている奴もいる。一度、俺はその現場を偶然立ち聞きしてしまったことがあるのだが、未だレインから共有はされていない。

レインが俺に黙っている理由は……考えるまでもなく、そういうことだろう。

（さっきの冒険者達の話じゃないが、俺もいずれ――いや、いずれなんて言っていられないくらい近い未来に追放されるんだろうな）

今は追放ブーム。俺達サポーターの居場所はじわじわとなくなりつつある。

実際知り合いの、俺と同じくサポーターとしてパーティーを支えていた冒険者の中にも既にパーティーを追放された者はいる。

本来ならクビなんて無縁に思える、優秀なサポーターだっていた。バロミデスのサポーターだってそうだろう。

そんな中で、俺のようなお荷物が変わらずパーティーに置いておいてもらえるなんて虫の良い話だ。

「モノグ？」

気が付けば俺はテーブルに肘をつき、突っ伏していた。

そんな俺に、不思議そうに声を掛けてきたのはサンドラだった。彼女は無表情の中にもほんのちょっぴりの心配を滲（にじ）ませつつ、控え目に肩に触れてくる。

そして、レインたちもまた心配するように俺の方を見てきていた。

「わ、悪い。ちょっと酔ったみたいだ」

俺はそんな彼らに対し、作り慣れた笑顔を浮かべて誤魔化すような言葉を並べた。

しかし、そう簡単に騙されてくれる連中ではない。

俺達は共に死線を越えてきた仲間だ。こんな表情の変化なんて簡単に見破られてしまう。

このまま待てばきっと優しい言葉をくれるのだろう。俺が何を思っているのか気が付いていようが、気が付いてなかろうが。

でも、だからこそ、その優しさに甘えてしまうのは間違っている気がする。そんなの他でもない、自分自身を惨めにするだけだ。

「俺、ちょっと明日の準備をしてくる。みんなはこのまま飲むなり、解散するなりしてくれ」

「えっ。でも、その準備はさっき終えたって言ってたじゃないか」

「リーダー、明日は第18層攻略の大詰めだぜ？　準備し過ぎるに越したことはないだろ」

「それはそうかもだけど……あっ、じゃあボクも手伝うよ！」

「いや、申し出はありがたいけれど遠慮しとく。それにお前にはお姫様方を無事宿まで送り届ける大役があるだろうが」

お姫様方とは当然スノウ、サニィ、サンドラのことだ。

冒険者という腕自慢が集まり、かつ冒険者ギルドによって統制されたこの町において、それこそ有名冒険者である彼女らを襲おうなんていう命知らずが現れるとも思えないが、それでもレイン――王子様の役目がなくなるわけでもない。

「ま、お前らも飲み過ぎて二日酔いなんてならないようにな」

「大丈夫よ、アンタじゃあるまいし」

俺の刺した釘を一瞬で打ち返してくるスノウ。確かに彼女の言う通りで、このメンツの中で二日酔いの心配があるのは俺だけだ。

また情けない事実を突きつけられ、俺は苦笑せずにはいられない。

「でも気をつけてね、モノグ君？」

「いやサニィ、別に危ないことなんて無いと思うけど……」

「心配」

「い、いや、ちょっと買い物行くだけだから。どんだけ信用無いんだ……？」

サニィとサンドラから有難い追い打ちを食らいつつ、俺は一人、酒場を後にした。

外に出て最初に感じたのは安心感だった。

きっと今の俺がストームブレイカーの面々に対し、僅かばかりの息苦しさを感じていることが原因だろう。

俺は、冒険者稼業——特にダンジョン攻略においてはアタッカーもサポーターも対等だと思っている。いや、思いたいと言うべきか。

アタッカーがいるからサポーターが成立するというのは当然だが、しかしサポーターだって確かにパーティーに貢献している筈だ。

俺達が支えることで、アタッカーはより円滑に魔物討伐、そしてダンジョン攻略を行えていると。

しかし、それはあくまで俺の一意見でしかない。


今の世間の風潮、サポーターを足手まといとして蔑むアタッカー至上主義は俺にとって居心地が良いものとは言えない。

ストームブレイカーの足を引っ張っていると陰口を叩かれ続ければ、たとえ俺が強い信念を持っていたとしても、少しずつ摩耗していく。

いい加減な怠け者、天才たちの足を引っ張るお荷物……そんなブームに乗っかった憶測だけでなく、そこから「性格だって悪いに決まってる」「ストームブレイカーに居座っているのは美少女たちに下心があるからだ」「どうせ他のメンバーの弱みを握っている最低のゲス野郎なんだろう」……そんな風に、事実とは乖離した悪印象を、俺と話したことも無い連中がすれ違いざまに吐き捨ててくるのだ。

ストームブレイカーが前に進むほど、有名になり期待を集めるほど、俺の首には見えない手が、俺を絞め殺そうと伸びてくる。

ストームブレイカーの面々は〝いい奴ら〟だ。

レインは美少女に囲まれたハーレム野郎かもしれないが、だからといって彼自身が性別によって対応を分ける人間というわけではない。

むしろ同性である俺のこともそれなりに気にかけてくれている。彼も彼で癖は強いが、一緒にいて落ち着くし、飽きない。

スノウは気の強い性格だ。口当たりがキツい時もあるが、歯に衣着せぬ正直な物言いは清々しいし、四六時中攻撃的というわけでもない。なんやかんやで世話焼きだったり寂しがりだったり……まぁ、凄く人間臭くて好感が持てる。

サニィはとにかく優しい。俺達は冒険者として若く、未熟だ。そんな中で最年長の彼女はしっかりメンバーを支え、気配りしてくれている。弓使いということもあり後衛の俺と近い位置に陣取ることの多い彼女は、何かと俺と話す機会も多く、俺だって相談に乗ってもらうことは多い。そういう意味でも信頼のおける相手だ。

サンドラはまだ幼いが、それ故にパーティーの愛玩動物……なんていうのはちょっと失礼かもしれないが、まぁ、マスコット的に機能しているということは否定できない。感情の起伏が少ない子ではあるが、感受性はそれなりで時に動物的な鋭さを見せることもある。それに俺達は何度も助けられてきたし、彼女の純粋さに癒されるなんてことも少なくない。

それでは、俺はどうだろう。

あまり自分で自分のことを評するのは得意ではないけれど、俺が他の面々に抱くような印象は持ち合わせていないと思う。

俺には、俺を守ってやれるだけの自己肯定感は無い。俺が俺の力を誇れるほど、ストームブレイカーの連中は弱くないのだ。

現実として、後衛職をクビにしたことで行き詰まるというケースもちらほらあるらしいけれど、ストームブレイカーに関してはそんな心配はないだろう。

彼らは俺がいなくても問題無く前進し続けるはずだ。それだけの才能と輝きを持った奴らだ。

——俺はストームブレイカーに必要な存在ではない。

色々とうじうじ悩んだ、その結果として出た答えがこれだった。

ストームブレイカーにとって不要な存在である俺はいつクビを切られても仕方が無い。

それこそ、周囲の連中がレインらに吹き込んでいるように。

「……まぁ、それもそれでアリかもしれないな」

そこまで考えて、俺はそんな独り言を呟(つぶや)いた。一緒に出てきた乾いた笑いには自分でも分かるほど情けない自嘲(じちょう)が含まれていた。

なに、考えてみればパーティーをクビになったところで人生が終わるわけじゃない。

元々冒険者稼業はギャンブルみたいなものだ。当たりが出るか外れるか……その博打(ばくち)の中で俺は外れを引いただけだ。

まぁ、本当の外れってのはダンジョンで魔物にぶっ殺されること、そしてその無能さ故に仲間を巻き込むことだ。

有難いことに、俺は元々身寄りが無く、養わなくちゃいけない家族もいない。気楽な独り身だ。稼ぎ口を失っても困るのは俺の飯だけでしかない。

……なんて考えだすと、途端に、無性に、パーティーから追放されてもいいという気持ちが強くなってきた。いや、興味が湧いてきたと言うべきか。

俺に冒険者以外の生き方があるのか分からないけれど……ああ、そういえば冒険者ギルドの人から勧誘されていたな。どこまで本気なのかは定かじゃないが。


もしも本当にレイン達から追放を言い渡されればショックを受けるだろう。

けれど、レイン達相手なら俺も納得ができる。

誠実な彼らのことだ、きっと色々と思い悩んだ上でその結論に至ったのだろう、と。

けれど、そんな悲しい美談のような理由だけが、俺の気持ちを追放へと傾けているかというと……それはちょっと違う。

俺の中に渦巻く思い……その中でもとりわけ情けなく、しかし真に訴えてくるものは即ち——

毎日しんどい！　という思いだ。

サポーター業務は中々に激務だ。特に雑用係の部分は。

冒険者稼業は何もダンジョンに籠(こ)もって魔物を狩っていれば成立するわけではない。

人間、生きていれば腹が減る。魔物を狩れば腹が膨れるというわけではなく、実際には魔物を狩ることで得られる魔物の素材を売っぱらって金に換え、それを更に食料に換える必要がある。

魔物の素材を売るにも、なんでもいいというわけではない。需要の高い素材、殆ど値の付かない素材……同じ魔物から取れるものでも様々で、その品質も大きく影響してくる。

確実な利益を得るには、確かな知識と目利きが必要だ。そのための勉強を俺は常に欠かさなかった。

他パーティーのサポーター達やギルドの職員らと交流を深めつつ情報交換し、素材を扱う商人や職人とも話をし情勢を把握(はあく)する。情報は日々アップデートされるため、少しでもサボれば自分の持っている最新の情報はすぐにカビが生え使い物にならなくなる。どんなに続けても、決して休むことはできない。

他にも冒険に必要な物資の調達、ギルドへの諸々の手続き、武器のメンテナンスなどなど、思いつく限りの全てをこなすのが俺の仕事だ。それこそアタッカー達に常にベストなパフォーマンスを発揮してもらうためならなんだってやる。

なんだってやるのだが……こういうことはいくらやってもやり足りないものだ。なんたって手を抜けばそれは俺だけでなく仲間たちにも迷惑を掛けることになる。俺はその可能性を潰すため、睡眠を削り、自分のための時間を削り、ひたすら雑用業に勤しむ。

ダンジョンに入れば少しでもいい品質の素材を手に入れるため注意を払いつつ魔物の死骸を漁る。同時に、支援術師としてもしもアタッカー達に不自由があれば解消するような支援魔術を付与する。その為には常に様々なケースを想定して支援魔術を習得、または〝開発〟することが必要だ。そのための時間も雑用業の最中に捻出しなければならない。

冒険者パーティー『ストームブレイカー』に最も期待しているのは、他ならぬ俺自身だ。

俺がストームブレイカーの一員である以上、俺はその期待に最大限応えるために全力を尽くす……尽くしてしまう。

万が一を招いてはならない。手を尽くせば尽くすほど、不安は増すばかりだ。

だからこそ、同時に思ってしまう。全てから解放されれば、全てを忘れられたら……俺の今も、過去も捨て去って、白紙の未来を生きられたら、どんなに楽だろうと。

本当に自分が情けない。強くあろうとする自分を、弱い自分が邪魔をする。

俺には冒険者として以外の生き方もあるんじゃないか。ギルドの職員になるか、商売でもするか、どこか田舎で畑でも耕すか……頭の中に広がる可能性は無限大だ。

もしかしたらそれらの中に今以上の天職、性に合ったものがあるかもしれない。

けれど、俺は自分でその道を選べるほど……冒険者としてのプライドと夢を捨てられるほど大人になれていない。


自分のやりたいこと。やるべきこと。求められていること。成りたい姿。叶えたい願い。

現実と夢との狭間に俺は常に立たされている。今俺が生きている夢に、もしもレイン達が、命を預けた仲間達が終止符を打ってくれるのであれば……きっとすっぱり諦められるだろう。

水は低い方に流れるなんていうが、俺はそんな最後をどこかで求めていた。


パーティー追放という〝俺という冒険者の死〟に、憧れているのだ。

階層攻略

　レイン達に宣言した通り、ダンジョン攻略に必要な消耗品などを再チェックしつつ不足したものを補充していき、時計の針も天辺を越そうとする頃にようやく、俺達ストームブレイカーが泊まっている宿へと帰還した。

　俺達がとっている部屋は2部屋。俺・レインの男性組と、他3人の女性組というオーソドックスな振り分けだ。

　レイン達はなんやかんやで真面目(まじめ)なので、この時間にはもう宿に戻り、既にベッドに入っている事が多い。

　ただ……レインがハーレムメンバーの誰かと夜戦を繰り広げている可能性も無きにしも非ずなので、念のため注意しつつ、ゆっくりと部屋の扉を開く。

「……やっぱり杞憂(きゆう)か」

　部屋は既に真っ暗で、規則正しい寝息が聞こえてくる。

　毎晩同じ部屋で寝ているのだから聞き間違える筈もなく、それがレインのものだとはっきり分かった。イケメンは当然、無様にいびきを掻いたりもしない。

俺は安堵から溜息を吐きつつ、音を立てないように注意し、後ろ手でドアを閉めた。

実のところ、彼が誰かと夜戦を繰り広げているという状況には遭遇したことがないので、警戒するのもおかしな話なのだが、レイン達とパーティーを結成して1年。いつその時が来てもいいように心構えをするというのは実に大事なことだ。それこそパーティー追放に備えるのと同じくらい大事なことだ。

「って、レインのやつ、またベッド間違えてら……」

俺達男性組が借りているのはベッドが2つ並んだツインルーム。当然、普段から使うベッドも固定化されているのだけれど、レインが今寝ているのは普段俺が使っている方のベッドだ。

無防備な寝間着姿になったレインは、実に気持ちよさそうに俺の枕を抱きしめながら、これまた無防備な寝顔を浮かべながら寝ている。

レインがこうして俺のベッドで寝てしまうのは初めてのことではない……どころか、結構な頻度で発生している。

というか今日みたいに、俺が彼より遅れて部屋に帰ってくる場合、殆どの確率で発生している。

もしかしたら配置的な好みがあるのかもと思い、宿屋にベッドのクリーニングをお願いした上で場所を入れ替えたこともあるのだけれど、それを経ても俺のベッドで眠ってしまうのだから、彼の思考がどうなっているのかさっぱり分からない。

「外じゃしっかり者って評判なのに、どうしてこの癖は抜けてくれないのかねぇ……」

何度か注意をしたこともある。その度、リーダー様は落ち込んで反省する素振りを見せるのだが、それでも何度も繰り返すので、俺は正直諦めてしまっていた。

まぁ、実害らしい実害があるわけじゃない。むしろ、これに関しては誰かに相談する方がリスクが高いだろう。もしもレインに好意を寄せるパーティーメンバー達の耳に入ってしまえば、藪蛇な展開になることは容易に想像がつくし、そっと俺の胸のうちだけにしまっておいた方がいい案件なのは明白だ。

にしても、レインのやつ。女顔な美男子ということもあり、寝ているといよいよ普通に美人な女性に見えてしまう。見ようとしなくてもそう映ってしまうのだから、そういう意味でもあまり俺の精神衛生上よろしくなかったりする。

俺の恋愛対象は普通に女性だ。仮にレインに対しそんな新しい扉を開いたところで損をするだけだ。色々な意味で。

だから念のため、彼にベッドを取られた際は、何故か女性っぽい甘い香りの漂う彼のベッドで寝ることは極力避け、固くて寝心地の悪いソファで寝るようにしている。もしもレインのベッドで寝て変な夢でも見たら目も当てられないからな。

よくよく考えれば、これもパーティー追放願望を加速させる要因の一つかもしれない。せめて寝られる時くらい、落ち着いて眠りたいものだ。

そんなこんなで翌朝、

「モノグ。おーい、モノグー」

俺はそんな気の抜けた呼び声と、頬を突いてくる感触で目を覚ました。

ゆっくり目を開けると、目の前にはやはり我らがリーダー様の笑顔があった。それこそ視界全体がレインの顔で埋まる程度に近い。なんだ、この距離感。

「あ、起きた。おはようモノグ。ぐっすり寝てたね」

「……おはよう、レイン。何がぐっすりだよ、お前にベッドを取られたせいでこっちはソファで寝る羽目になったんだぞ」

「だからそういう時はボクのベッドを使えばいいって言ってるのに」

「そもそも人のベッドで寝るなよな……」

昨晩は程よく酔っていたくせに、すっかり酒の抜けた健康的でつやつやとした顔色でニコニコ笑みを浮かべつつ、レインは俺の身体をガンガン揺さぶってくる。

「ほら、起きた起きた。今日も絶好のダンジョン攻略日和だよっ！」

そう言うレインは既にダンジョン攻略用の装備に着替えていた。前衛アタッカーではあるが、重苦しい鎧(よろい)は着ず、自身の素早さを最大限に活かすための軽装だ。

しかし朝っぱらからこのスキンシップの多さよ。こういうところも女子人気を助長させるのだろうか。

実は巷じゃ俺とレインの〝そういう特殊なカップリング〟とやらで何かと邪推してくる声もあるらしい。俺が開いていない新しい扉を、勝手に開いたことにする謎の妄想だ。そういう点もパーティー追放願望を——以下略。

レインに起こされ、ぼけぼけした頭のまま着替えた後、レインと連れ立ってロビーに降りる。殆どレインに手を引っ張られる形だが……にしてもレインよ、手を摑(つか)むにしたって、この指と指の間に互いの指を絡めるような握り方はなんとかならないだろうか。万が一に解けることを危惧してとは分かるのだけれど、巷じゃこれは〝恋人繋ぎ〟と呼ぶらしいぞ。

俺達がロビーに着くと既に女子3人は揃っていた。もちろん全員、ダンジョン攻略の準備は万端そうだ。

「2人とも、遅いわよ」

「ごめんごめん、モノグが中々起きないからさ」

パーティーの面々の中でも世間的にツンデレと称される、最も喧嘩(けんか)っ早いスノウが相変わらずのツンケンした口調で声を掛けてきて、レインが若干俺を下げつつ謝る。結構恒例化しているやり取りだ。

ちなみにツンデレなんて言ったって、スノウのデレ要素は当然レインにのみ向けられる。今の遅い発言もレインでなく完全に俺一人に向けられたものだ。申し訳ねぇぜ。

まぁ、スノウのこの感じにはすっかり慣れたし、今更メンタルが抉られることもない。もしかしたら、調教されているってことなのかもしれない。最近じゃ罵倒が飛んでくるのはスノウが元気な証拠と思い微笑ましい気分になることも増えたし。

「おはよう、モノグ君。昨晩も遅くまで準備してくれていたんでしょう？　ご苦労様」

「おつかれ」

「おはよう、サニィ、サンドラ。気にしないでくれ。それが俺の仕事だから」

一方、サニィとサンドラは優しい言葉を掛けてきてくれる。優しい。幸せになって欲しい。頑張れよ、レイン！

そして、俺はそんな2人に対し全く気にする必要無いと笑顔で返す。

追放されたいと思いつつも、パーティーの一員である以上自分の役目はしっかり果たす。それがプロってものだ。

そういう俺の仕事っぷりは、なんやかんやで彼・彼女らもそれなりに理解してくれている——

「ほら、雑談しない。揃ったんだからさっさと出発するわよっ！」

……と、信じたい。

きっとこのスノウの言葉も、俺であればしっかりと自分の仕事は果たしていて、そのままダンジョンに行っても問題無いという信頼の現れだろう。そうポジティブに考えられるのも調教師スノウ様に鍛えられた結果だ。

いや、世間の荒波に揉まれた結果かもしれない。俺の中の理性はパーティー追放の時を予感しているものの、その反面、俺の自己防衛機能は、自分がパーティーから求められている存在であるという妄想を抱かせる。妄想は個々の自由だ。表に出しさえしなければ優秀な脳内麻薬である。

やっぱり俺も、朝からツンを受け止めるのはメンタル的にしんどかったりするかもしれない。

ダンジョンは古代文明の遺物だと言われている。

古代文明というのは現代よりも遥かに技術的に進んでいた（ものもある）と言われていて、ダンジョンには一部そういった人知を超えたシステムのようなものが広がっている。

その一つが、ワープポイント機能。

ダンジョンは複数の階層に分かれていて、下層に降りれば降りる程複雑になり、出てくる魔物も強く、狂暴になっていく傾向にある。

そんなダンジョンを、いちいち上から下まで徒歩で攻略し、帰りは下から上まで登ってこなければいけないのかというと、そうではない。

各階層の始めと終わり、そして偶（たま）に中間の魔物が出ないエリアにはワープポイントという巨大な魔石が設置されている。そこに自身の魔力を通すとあら不思議、瞬時に登録したワープポイント間を行き来できるようなるのだ。メチャクチャ便利。

ワープポイントはダンジョンの入口にも設置されているので、前回の探索で最後に辿り着いたワープポイントから探索を再開することも簡単だし、敵が強いと思ったら前の階層に戻って鍛え直してもいい。そういうカジュアルさも冒険者の間口を広げる理由の一つだ。

「よぉし、ストームブレイカー！　今日も誰一人欠けることなく頑張ろう！」

そんなリーダー、レインの元気のいい掛け声を受け、俺達は今日も今日とてダンジョン攻略へと踏み出す。ワープポイントを経て向かう先は、現在俺達が辿り着いた中で最も深い層——第18層だ。

ダンジョン攻略は地道な努力の積み重ねで成り立っている。

入り組んだ迷宮を地道にマッピングしていき、その全貌を明らかにしていく。同時に、襲い掛かってくる魔物と戦い、経験を積んで力をつける。どんなに先に進んで攻略難度が上がったとしても、基本は同じ。毎回地道に積み重ねていくしかない。

そんな地味なダンジョン攻略ではあるが、ストームブレイカーの面々はしっかり集中して熱心に取り組んでくれている。

ほんの少しの油断が命取りになるダンジョン内において、パーティー結成以来、一人も死者を出していない要因は、決して気を抜かず、常に互いを守れるよう意識した立ち回りを徹底しているというのが大きいだろう。

まぁ、俺は守ってもらってばかりなんですけどね。

そんな中、今日の攻略においては普段よりも更に全員のモチベーションが高かった。

普段の何倍も念入りな準備を重ね、そして第18層に着いた今も、レインを先頭に魔物をガンガン倒しながら、勢いよく進んでいく。

彼らには、もうこの層の魔物は一切（いっさい）相手にはならない。何度も何度も戦って、弱点や有効な立ち回りを身体で覚えているからだ。

当然、俺の支援魔術も必要としないので、俺は通りすがりにレイン達が倒した魔物の死骸や道端に生えた薬草の類を拾い集める雑用業に専念していた。

ちなみに、サポーターに就く冒険者は大体がポケットという異空間にアイテムを収納する魔術を覚えている。

どれくらい収納できるかは術者の魔力総量に比例する。俺の場合……まぁ、そこそことでも言っておこうか。

スノウは当然、サニィも魔術の才能があるが、ポケットに関して言えば、現状ストームブレイカーにおいては俺だけの専売特許だ。

そこはまぁ……俺という冒険者の価値を示す材料になるかもしれない。ただの荷物運びだけれど。

「モノグ、ちゃんと付いてきてる!?」

「あ、はい」

「アンタ、サポーターなんだからしっかりアタシの後ろに隠れてなさいよ！」

攻撃術師であり、現在の隊列では俺にすぐ前を走るスノウが声を掛けてきてくれる。優しい。ツンケンしているけれど、俺みたいな荷物運びにも気遣えるいい子なんです。本当に。レイン、幸せにしてやってくれ。

「モノグ君、お姉さんの後ろに隠れてくれてもいいのよ。私、弓使いだからモノグ君とも一番距離が近いし」

「モノグ、サンドラの後ろでもいい」

「ちょ、サニィにサンドラまで……って、アンタは一番前に出てるんだから戦いながらじゃ守れないでしょうが!?」

次いでサニィ、サンドラが張り合うように声を掛けてくる。

ははぁん、分かったぞ。これはレインに対するアピールだな？

か弱いサポーターである俺を守り、アタッカーとしての素質、そして懐の広さをレインへとアピールする——サポーターの弱さがそういう形で活用されてしまうのは少し悲しいが、これも存在価値と言えなくはない。いや、ちょっと苦しいか。

「いいや、モノグ！　それならボクが守るよ！」

しかし、そんな少女たちの奮戦も虚しく、鈍感の星の王子様は彼女らの意図など察することも無く、あろうことか自分自身も俺の護衛として名乗りを上げてしまった。

「いやいやレイン！　アンタは守るとかそういうのに向かないタイプでしょうが!?」

「そんなことないよ、スノウ。攻撃は最大の防御っていうし！」

確かにそういう言葉もあるが、双剣を振り回し、絶え間ない攻撃で敵を圧倒するレインの後ろに隠れていたら、多分俺にも血の雨が降り注ぐことになるだろう。これに関してはスノウに完全同意せざるを得ない。

とはいえ、俺を利用したアピールが彼の参戦で有耶無耶（うやむや）になってしまったことは事実。ここは場を治める為——

「い、いや、大丈夫だ。自分の身くらい自分で守るから」

俺は自分が魔物を倒せないサポーターであることを棚に上げつつ、全員の厚意を無下（むげ）にする選択を取った。明らかに残念そうな空気が流れたが仕方がない。

そもそも俺は誰か一人を応援することはできないのだ。贔屓（ひいき）をして睨まれるなんてのは避けたいからな。

こういうアピールに俺を使うとしてもレイン、そして彼女らの内1人みたいなタイミングでやってくれないと困っちゃうよ。

まぁ、こういうやり取りができるのは彼女達にも余裕があるからだろうし、いよいよお役御免となる日も秒読み段階だろう。

今日帰ったら荷造りを始めた方がいいかもしれない。

「守るとか守らないとか、そういうごちゃごちゃした話はそもそも必要無い……来る敵は全てボクが斬り払ってやるっ！」

しかし、我らがリーダーはやはりカッコいいなぁ……こりゃあ女なら惚れるのも無理ないことだぜ。

同性である俺からしたら、ただただ眩しすぎる。

これが、ストームブレイカーに美女が揃っているのに男が寄ってこない理由なのかもしれない。

男——特にアタッカーからすればレインは完璧すぎて、一緒にいても劣等感に苛まれるだけというのは明らかだからな。そういう意味ではアタッカーでなくて良かったと思う。

けれど、レインだけがモテてる状況とか、サポーターを取り巻く冒険者界隈の現状を思うと、まるでレインと俺は光と影だ。自分の需要の無さみたいなものをマジマジと突き付けられてしまう。

眩しすぎる光によって、掻き消されるのもやはり時間の問題だ。

◇　　◇　　◇

そんなこんなで順調に、本当に順調に俺達は第18層の最深部直前に辿り着いた。ただ、それは当然のこと。既に俺達は何日も費やしこの第18層を完璧にマッピングしていたのだから。

ダンジョンの各層は大規模な迷宮部分と、その最深部にある強力な魔物が構える、通称〝ボス部屋〟でできている。

迷宮部分は階層によって特徴も異なってくるが、ボス部屋に関しては大体が円形の広い部屋にボスと呼ばれる強力な魔物と、その取り巻きのみがいるというシンプルな構成になっていて、そのボス部屋前には大抵ワープポイントの無い魔物が現れないエリア、〝休息ポイント〟が設置されている。

地獄の中に添えられた僅かな優しさは、きっとこのダンジョンを作った古代人とやらの粋な計らいというやつだろう。文句は沢山あるけどな！

ワープポイントが無いので、大抵ボス戦前の小休憩と最終確認に使う程度のもので、いつもの滞在時間は10分かそこらなのだが――今回は少しばかり勝手が違った。

「あれ……なんだか人が多いね」

休憩ポイントに、やけに冒険者が集まっている。

十数人……それで1パーティーという規模のものもあるらしいが、パッと見た感じでは複数のパーティーが一堂に会しているようだ。

「ん……？　おい、あれ、ストームブレイカーじゃないか？」

冒険者の内の１人が此方（こちら）を見て声を上げる。そして視線が集中し——数人が安堵の息を漏らした。

「彼らならイケるかもしれないぞ……！」

「……？　何かあったんですか？」

明らかに不審な空気に率先してレインが声を掛ける。こういうのはリーダーの役目だ。

「実は、この先にいるボスが滅茶苦茶手強そうで、足踏みさせられているんだ」

……正直想像していた中でも特に微妙な理由だった。レイン達の反応からも、みんな同じことを考えているらしい。

ボスが強いから先に進めないとは即ち、この層を超える実力が備わっていないということだ。だったらもっと鍛えるなり、戦略を練るなりするべきだろう。

休憩ポイントに留まって他のパーティーが代わりにボスを倒してくれると期待する彼らのような行動は、冒険者としてあまり健全とは言えない。

そりゃあボス部屋に辿り着いたら他のパーティーが倒してしまっていたなんてことはあり得ないわけじゃない。ボスは倒されても１日程度で再度ボス部屋に出現すると言われている。いったいどういう原理でそうなっているのかは不明だが、事実そうであるのだから考えたって仕方がない。

倒されて１日の間はボス部屋はもぬけの殻だ。ボスと戦わず次の層に行くことができる。

だからといって、その偶然をラッキーと片付けていいのかは定かではない。

目の前の困難を回避できたからといって、長期的に見ればマイナスに働く可能性の方が高いからだ。


「なんか嫌な空気ね。鬱屈(うっくつ)としていて」

「これじゃあゆっくり休めそうにもないわね……」

他パーティーから離れ、休息エリアの隅に腰を掛けるなり、スノウとサニィはそう愚痴を吐いた。

全く同意見だ。休息エリアに漂う陰鬱とした空気、そして不躾(ぶしつけ)に向けられる視線は正直気持ちが良いものではない。

サンドラなんて俺を木の代わりにするように寄り掛かり目を閉じていた。眠るつもりではないだろうが、外界の嫌な情報をシャットアウトしつつ休息をとるつもりだろう。中々に図太い。寄り掛かられる俺としては、彼女が背負った大剣の重さも加わり、若干しんどいのだけれど。

「モノグ、スノウ、サニィ、サンドラ」

リーダーとして一人、他パーティーから話を聞いてきていたレインが帰ってくる。その表情は予想通りあまり良いものではなかった。

「みんな同じだね。この先にいるボスが強くて敵(かな)わないって」

「特に驚くことじゃないわね。ボスってのはそういうもんよ」

「でも、想像より遥かに強いみたい。それこそ、今までの感覚だと数層先のレベルじゃないかって」

正直、口伝えの内容ではどこまで信じていいのか。彼らが舐めていて、痛い目に遭っただけかもしれない。

「用心するに越したことはないよ。ね、モノグ」

そんな俺の不機嫌さが顔に出てしまっていたらしく、レインは露骨に話を振ってくる。周囲の心配をしていた俺が心乱されていたら仕方がない。俺は反省しつつも、気を引き締めて頷いた。

「ああ、そうしよう。装備の点検が必要なら言ってくれ。気になることは今の内にしっかり潰して万全の状態で挑めるようにな」

「うん、それじゃあ少し休憩だね」

リーダーの合意を得たところで俺達はそれぞれ所持品や武器のチェックをし始める。

「モノグ君、ちょっと弓の点検、手伝ってくれない？　弦の感じが微妙というか……」

「ああ、分かった」

サニィに促されるまま見てみると、僅かに弦が伸び、緩んでしまっているようだった。

「これ、もう限界かもな。伸びきって、いつ千切れるか分かったもんじゃない。あっ、そうだ。この間、市場に出ていたの買っておいたんだ」

俺はポケットから新たな弓の弦を取り出す。

「なんでも、世界樹って凄い木から削って加工した弦らしい。その謳い文句が本当かどうかは定かじゃないけれど、値は張った分、中々の良品だと見立ててる」

「へぇ……確かに良い肌触りね。伸縮性も……うん、良い感じ。さすがモノグ君、良い買い物するわね」

ニコリと微笑みながら褒めてくれるサニィに、ちょっとばかし照れくささを感じて俺は頭を掻く。

素材はダンジョンから得るだけじゃなく、市場で買ったりもする。全てはうちのアタッカーにより高みに行ってもらうためだ。共用の財産は一応俺が管理させてもらっているが、予算から足が出れば自分の財布から捻出したりもしている――まぁ、金なんて持っていても使う用事があるわけじゃないしな。

「でも、ぶっつけ本番で使うのはちょっと怖いか。使ってみたら微妙ってこともあるし……今のもこのまま少しは使えるとは思うけれど」

「ううん、付け替えたい。折角モノグ君が用意してくれたんだもの」

そう信頼を寄せてくれるサニィに面映ゆさを感じつつ、頷き返す。彼女がそう言うのなら俺からどうこう言うべきじゃないだろう。

弦の付け替えは俺も何度かやっていて、工程については問題無い。欲を言うのであれば、本体、フレームも取り換えた方がいいのだけれど……もう随分傷んでいるし。

「なぁ、サニィ。このフレームだけど」

「ダメ」

「ですよねぇ……」

「何度も言っているでしょう？　これ、凄く大事にしているものなの」

サニィは愛おしそうにフレームを撫でる。サニィは自分の武器へのこだわりが強く、弓のフレームに関しては絶対に取り換えようとはしなかった。それこそ、俺達が出会った時からずっと同じものを大切に手入れして使っている。

もしかしたらレインに関係するものだったりするのだろうか。

「それとも、モノグ君が新しいの買ってくれるのかしら？」

「いや、俺にはちと荷が重いな」

からかうようなサニィに対し、俺は苦笑しつつ弦の付け替えを終える。明らかな負け試合に身を投じるほど無謀じゃない。サニィを手に入れる為ならそれくらい果敢に挑戦するなんて男は腐るほどいるかもしれないが。

まぁ、彼女も本気で言っているわけじゃないだろう。ずっと慣れ親しんできたものを手放すのにはそれなりの心構えか、きっかけがいるのだから。

「よし、できた。ほら、後はお前の方でチェックしてくれ。レイン達と話でもしながらな」

「え……ああ、そうね」

サニィは一瞬、虚を衝かれたように目を丸くしたが、すぐに微笑むと弓を担いでレイン達の方へ

と向かった。

そして1人になった俺は——

「いい気なもんだよな、アイツ」

「ああ、ストームブレイカーっていやぁ、今やこの町でも有名パーティーだぜ。もしかしたらあのボスだって倒せるかもしれねぇ。けどよ、あのサポーターもその手柄をかっさらっていくなんて納得いかねぇぜ」

酒場の時と同様に、サポーターに向けた誹り（そし）が聞こえてくる。いや、サポーターに対してじゃない。ストームブレイカーに所属する、俺に対してのやっかみだ。

こういうのには慣れている。ストームブレイカーは認めているが、俺の存在は認められない。なんてことをあからさまに、挑発するように言ってくる。

舐め切っているのだろう、俺——いや、サポーターのことなど。今に関して言えば、ボスを前に尻尾を撒いて逃げ出した屈辱からの八つ当たりも含まれているとは思うけれど。

「んだよ？」

そんな彼らを見返すと、それだけで喧嘩を売られたと思ったのか、こちらにメンチを切りながら歩いてくる。

ああ、これは相当だ。今にも殴り掛かられそうな圧を感じる。

「別に何も。俺の話をしているみたいだったから気になっただけだよ」

「ああ、テメェの話だよ」

腕っぷしに自信がありそうな筋肉隆々とした男が俺の方に歩み寄ってきて、そしてその勢いのまま胸ぐらを掴み上げてきた。嗜虐(しぎゃく)的に歪んだ笑みを浮かべながら。

体格差もあり、俺はされるがまま。なんとか爪先だけ地面につけられる状態で吊り上げられてしまう。

「ムカつくんだよ、俺達よりも弱いテメェが、俺達より先に行こうってのがさぁ」

「見た感じ、アンタらのパーティーにはサポーターはいないみたいだな」

「ああ、切ってやったよあんな連中。俺達の後ろに隠れて、それでいて冒険者って面してんのがウザったくてよぉ」

ニヤニヤと見下すように男が口角を上げる。

そして彼に付いてきた取り巻き達も同意らしい。

ああ、性格の悪い奴らもいたもんだ——なんて、笑って片付けられたら楽なんだろうけれど。しかし、実際彼らのような冒険者が多数派になりつつあるのだ。

今俺を掴み上げているのはアタッカーである彼らの驕(おご)り、だけじゃない。

彼らに切られ、冒険者生命を絶つことを余儀なくされたサポーターたちの亡霊も縋(すが)りついてきているように思えた。

お前も、早くこちら側に堕ちてこいと。

――言われなくても、そんなのは時間の問題だ。この男の言う通りストームブレイカーは強い。サポーターの力なんか必要としていないほどに。

「やぁ、楽しいことをしていますね」

不意に、空間を鋭い声が遮(さえぎ)った。

そして、

「う、ぐぅ……!?」

俺を摑み上げていた男が唸る。見ると、彼の腕に細くしなやかな指がメリメリと食い込んでいた。

その痛みから男の手が緩み、不意に解放された俺は思わず尻もちをついてしまう。

「大丈夫、モノグ?」

「あ、ああ……」

ニッコリと笑顔を浮かべて聞いてくるレイン。

しかし、その目は笑っていない。俺には優し気な声をかけつつも、同時進行で男の腕を握り潰し続けている。レインは華奢(きゃしゃ)だが強靱(きょうじん)な戦士だ。その握力は人の骨なんて簡単にへし折るだろう。

ただ、どうしてレインがこれほどまでに怒っているかは分からない。彼のこんな静かながらに激しい怒りは初めて見た。

「ボクの仲間に随分と失礼じゃないですか。一応、会話は聞こえましたけど……どういうつもりか、説明してもらえます?」

「は、離せ……！」

「ええ、本当は斬り離してやろうとも思ったんですけど……そうするとモノグが気にしちゃうのでやめました。彼、優しいから」

男が呻(うめ)いても、レインは一切力を緩めない。

むしろ、どんどんと怒りは高まっているように感じられる。

「でも、ボクは優しくなんかないですよ。何が大事で、何が大事じゃないか……そういうのを割り切るのがボクの役目ですから」

ギシギシと骨が軋(きし)む音が俺にまで聞こえてくる。レインはまるで魔物に立ち向かうような——いや、それ以上の殺気を放っていた。

「ボクが割り切って、取り零(こぼ)したものをサポーターが、モノグが拾ってくれる。だから、ボクらは、ストームブレイカーは前に進めるんです」

「レイン……」

「何が大事なのか、自分が誰に支えられて、誰のおかげで今そこに立っていられるのか……そんなことも分からない貴方(あなた)こそ、冒険者を名乗るべきじゃない！」

レインはそう強く吐き捨て、男を突き飛ばした。

そして男を一瞥(いちべつ)することもなく、俺の手を掴み、仲間たちの方へと歩き出す。

「……っ！」

思わず息を呑んだ。

スノウ、サニィ、サンドラ——3人がそれぞれ怒りを露わに冒険者たちを睨みつけていたのだ。

「随分、穏便に済ませたわね、レイン？　アタシだったら一生冒険者なんて名乗れないように恐怖を刻みつけてやったのに」

「そうね、もう少し痛めつけてあげた方が彼らの為でもあると思うけれど」

「サンドラなら脳天ぶち割ってやった」

何とも物々しい感じで、3人はそれぞれ口にする。

臨戦態勢——その言葉が相応しい。相手は冒険者だ。これまでに人間を相手取ったことは一度だってないのに、彼女達の目にはその気後れも遠慮も無い。

ただ、目の前の冒険者たちを敵として映し出している。

「3人とも、構っている時間が勿体ないよ。それに……ボクらのモノグがほんの僅かでも彼らなんかに思考の一部を預けるなんてのも我慢ならないしね」

そんな彼女達にレインが笑う。何故だかまた俺のことを立てながら。

そして——

「もしも、サポーターを切り捨てる彼らが本当に強者なら、ボクらは弱者かもしれないね」

「そうね。このサポーターがいなくちゃ冒険者なんてとても名乗れないもの」

「力不足は重々承知……でも、私達は私達全員で一つだもの」

「みんなでいれば、サンドラ達は強い」

「うん、その通りだ。だから、目の前に壁があるなら、容赦なくぶっ壊して進む。それが魔物でも……くだらない風潮であってもね」

彼らはそれぞれそんな気恥ずかしくなるような言葉を次々と並べていく。

それに困惑するのは当然俺で、

「え、なに今の。練習してたの？　俺全然聞いてないんだけど」

「いいや、それぞれ思ったことを言っただけだよ」

「にしちゃあお前ら、随分と様になっているっていうか……」

「モノグ、やっぱりアンタバカね」

スノウに肩を小突かれる。

先ほどまでと違い、彼女は無邪気な笑みを浮かべていた。

「アタシたちだって案山子(かかし)じゃないのよ。冒険者界隈がどういう空気になってるか、ちゃんと感じとってる」

「だからずっと考えていたの。モノグ君が悩んじゃってるんじゃないかなって」

悩んでいるといえば悩んでいたかもしれないが――多分、彼女らが思っているのとは違う形だ。

早く追放されないかなーなんて、冒険者稼業をクビになった後のセカンドライフはどうしようかなーなんて……。

妙に後ろめたい気持ちになる。彼らからの信頼に俺は応えるに相応しい人間なのだろうか。

彼女達は強い。しかし、俺は――

「モノグ」

俯く俺の手を優しく包み込んできたのはサンドラだった。

いつも無表情の彼女がわずかではあるが確かに、優しく微笑んでいる。

「サンドラ達にはモノグが必要」

「サンドラ……」

「モノグがいれば、ストームブレイカーは無敵。ね？」

そう言い聞かせるような言葉に、俺はつい鼻先がツンとするのを感じた。彼らは俺を気遣っているわけじゃない。ただ、事実としてそれを受け止めている。

当然なんだ。ストームブレイカーには、レインがいて、スノウがいて、サニィがいて、サンドラがいて――そして俺がいる。それが、当たり前のことなのだと。

きっとそんな俺の心の動きなんて見透かしているのだろう――レインがフフッと笑い声を漏らす。

「そうだね……だから、証明しよう。この先にいるボスをぶっ倒して」

それぞれの想いをレインが纏めるように引き取る。

「他の奴らとは違うってこと、証明しよう。頼んだよ、モノグ」

妙に期待に満ちた彼らに、俺は苦笑しつつ、頷く。

心の中に渦巻いていたモヤモヤした感情はすっかり晴れていた。

◇　◇　◇

血が凍るような緊張感。ボス戦前はいつもこうだ。

ダンジョン攻略の一番の壁。一層ごとにその最後に待ち構えているそれは、何度乗り越えても決して慣れることは無い。

俺はレイン達の後に続いてボス部屋へと入る。

「いた……でも、あれは……!?」

広場の中心に、それはいた。そして、思わずといった様子でレインは声を震わせる。そして、圧されたのはレインだけじゃない。

俺達全員がその姿を見て息を呑んでいた。


ドラゴン。

固い鱗に覆われたしなやかな身体。丸太のような隆々とした尾。鉄さえも切り裂くと言われている鋭い爪、生物を本能的に恐怖させるオーラ……ドラゴンというのは魔物の頂点に君臨する種族だ。

そして、確かにその存在はダンジョンでも確認されているというが——最初に発見されたのは確か第34層。ここから倍近く降りた先だ。

報告されている個体は体長約20メートルだという。対し、今このボス部屋にいるドラゴンは目算、10メートル程度に見える。報告に比べれば小ぶりだけれど……しかし、放たれる威圧感は今まで感じたことのないものだった。

あの休息エリアにいた冒険者たちの言っていたことは間違いではない。あれは、こんな場所にいる筈がない。いていい存在じゃない。


無意識の内にぐびりと喉が鳴った。背中を嫌な汗が伝う。

きっとそれは他の4人も同じだ。しかし、そうであるのならば、俺だけはこんな態度を出してはいけない。

俺は、彼らが期待してくれる俺の役割を果たす。たとえ敵がなんであっても。それが俺が今ここにいる意味だ。

「みんな、落ち着け」

「モノグ……」

俺は率先して、そうみんなに声を掛けた。震えは決して表に出さない。ただ、ボス部屋の奥にいるドラゴンを見つめつつ、思考をフル回転させる。

「まだアレは俺達に気が付いていないらしい。明らかにヤバい相手だ……先手を取れるこのチャンス、活かさない手はない」

レインは緊張を顔に浮かべつつも頷き、何度か深呼吸をする。それに習って他のみんなも同じく呼吸を落ち着ける。その間にもドラゴンは俺達を見つけることは無い。注意をこちらに払っていないのだ。

俺も色々と整理がつかないことは多い。けれど、敵を前に心を乱せば、命取りになる。ましてや格上が相手なら。

切り替えろ。誰よりも冷静に頭を回せ。生き残るために。彼らを前に進めるために。

サポーターは、俺は、パーティーの後ろから冷静に戦況を俯瞰できる存在だ。直接戦わないからこそ、唯一冷静でいられる。

俺もストームブレイカーの一員だ。冒険者なんだ。その役目を全うしろ。

生きて、前に進みたいのならば！

「グオオオオオオッ!!」

「ッ……!」

「う……」

突然ドラゴンが咆哮を上げる。爆発が起きたかのような轟音は心臓を鷲掴むような圧を放ち、スノウ、サニィの身を竦ませた。

そんな2人の肩を咄嗟に掴む。レインとサンドラも全く影響を受けていないわけではない。

しかし、彼らには自分たちが最前線に立つ覚悟ができている。心配は不要だろう。

「2人とも、大丈夫か」

「だ、大丈夫。ちょっと驚いただけ……！」

「う、うん。ごめんね……」

落ち着いた態度を見せる俺に対し、2人もまた落ち着いてくる。

感情は伝播する。頭に上った血を冷ますのも俺の仕事だ。

とはいえ、正直言って俺も内心じゃあ中々にビビっている。咆哮に腰を抜かさずに済んだのは、ドラゴンの動きから咆哮の予兆を摑んでいたからにすぎない。

「アレはさっきの冒険者連中が言っていた通り、本来のボスじゃないのかもな」

「え……？」

「アイツの足元を見ろ。大きな穴が開いている」

「本当だ……モノグ、あれはいったい……」

「下層から穴をぶち空けてこの階層まで上がってきたんだろう。実際全身ボロボロだ。ダンジョンの岩盤を突き破ったことで傷を負ったんじゃないか？」

俺は遠くからドラゴンを観察して立てた、その仮説をレイン達に伝える。

全ては正しく現状を理解し、その上でここを生きて乗り切るために。

「それじゃあ、さっきの冒険者たちが負わせた傷じゃないってこと？」

「あいつらはまともに戦っていないだろうさ。本当に正面からドラゴンと戦ったなら、あの程度じゃ済まないだろうし。何よりドラゴンがこちら側を警戒している様子もない」

ドラゴンはずっと忌々し気に天井を眺めていた。

下の階層から上がってきた時と同じようにあそこもぶち破るつもりなのかもしれない。

もしもあの冒険者たちがドラゴンと相対していれば、冒険者が入ってきて、そして逃げていったこちら側、冒険者たちがいる休息エリアへの通路を多少なりとも警戒する筈だ。

そしてドラゴンの脅威に晒されたのなら、あの冒険者たちがあそこまで弛緩している筈もないだろう。命からがら逃げて来た――そういう緊張感は無かった。

「レイン、休憩エリアにいた冒険者たちからアイツの情報はあまり得られなかっただろ」

「う、うん。要領を得なかったからどこまで信じていいかって……」

「あれとぶつかれば、タダじゃ済まない。それこそ仲間も失うかもしれない。自分の命だって……そういう恐怖を味わった筈だ。けれど、もしも死の恐怖にさらされたのであれば、あんなボス部屋の目の前でのんびり待機したりはしないだろう。あいつらはドラゴンの見た目に圧されただけで、その身でその力を味わったわけじゃない」

その点はプラスに捉えていいかもしれない。あのドラゴンが俺達、冒険者の存在に気が付いていないことは。

しかし先制のチャンスを得たとして、俺達の力が通用するか――それを測る術がない。アイツを傷つけたのはダンジョンの岩盤だ。ダンジョンの壁は非常に硬い。冒険者や魔物が暴れても殆ど傷つくことは無いのだ。けれどもあのドラゴンはそれを破壊し突き破る力を有しているということになる。

「ど、どうするのよ。あんなのと戦うの……？」

「戦うしかない……いいや、倒すしかない」

スノウの言葉を引き取ったのはレインだった。

その目には確かに強い意志が宿っている。

「もしもモノグの考えが正しいなら、あのドラゴンは更に上……ダンジョンの外を目指していることになる。あんなのが外に出たら地上は大混乱だよ。いいや、その道中で他の冒険者と出くわして襲うかも――そうなると狙われるのはこの階層にも辿り着いていない冒険者だ。アレを止めるなら今しかない。今、この場にいるボクらが、最もあのドラゴンと実力の近しい存在なんだ」

「レイン……あんた……」

「ボクらが止めるんだ。それに、サンドラが言ってたでしょ？　みんな揃えばボクらは無敵だ」

「うん。サンドラたちは無敵」

こんな状況でも、普段通りの2人に俺達は呆気にとられた。

先ほどまでの冒険者たちを意識したものとはまるで重みが違う。けれど、その言葉に一切の揺らぎはない。

確信しているんだ。俺達ストームブレイカーはあのドラゴンと相対したとしても必ず討ち果たせると。

レインの言葉に乗った自信がみんなに伝播し、みんなの目に光が灯る。それは俺がどんなに考えても、現実を分析し説明しても、決して得られなかったものだ。

(まったく……敵わないな)

リーダーの偉大さに触れ、俺はつい苦笑を浮かべる。もちろん、悪感情は全く無い。むしろ頼もしさを覚えている。やれる、という気持ちが自分の中で膨らんでいく。

「敵が何であってもやることは変わらない。ボク達はこの第18層のボスを倒し、更に先へと進む。ストームブレイカーの力を証明するんだ!」

「そうねっ!」

「ええ」

「うん」

「ああ……!」

そう、やるべきことは変わらない。

どんな言葉を並べても、どんな理由を抱えても。

俺達にここから逃げる未来なんかない。

「レイン、作戦がある」

「そうこなくっちゃ！」

「みんなも聞いてくれ」

それから、即興ではあるが俺はみんなにあのドラゴンを倒すための策を伝える。

僅かのミスでも綻(ほころ)んでしまう綱渡りのような作戦だけれど、みんなは決して首を横には振らなかった。作戦を呑み込み、それぞれが役目を果たすために散っていく。

俺は全員が配置についたのを見届け、叫んだ。

「**エンゲージ!!**」

地面を緑色の光が走り、円形のボス部屋を包み込む。

これは俺の支援魔術をより効果的に供給するための支援フィールドだ。また、それと同時に俺が支援の対象としている４人の身体能力を向上させることができる。

俺が魔術を展開したことによってドラゴンが俺達──いや、〝俺〟の存在に気が付く。

奴の首がのっそりと動き、入り口に立つ俺を視認する……！

「さぁ、頼んだぞ、みんな……!!」

俺は全身から嫌な汗が滲み出るのを感じながら、それでも笑みを浮かべた。

ドラゴンが鋭い牙の生え揃った口を大きく開く。

今度は咆哮とは違う。遠く離れながら、俺に向けられたその喉の奥から何かが湧き上がってくるのを目視した瞬間、俺は咄嗟に真横へ大きく跳んでいた。

「うっ……!?」

次の瞬間、凄まじい轟音と共に、先ほど俺が立っていた場所が焦土と化した。

瞬きするほどの一瞬。爆発などという生易しいものではない。例えるなら雷が真横から飛んできたみたいな……!?

(魔術で防御、なんて選択肢が一瞬でもチラついたら死んでたな……)

正直ちびりそうなくらい恐ろしいが、それでも自分に鞭(むち)を打ち、第二波に備え立ち上がる。

今の俺は殆ど丸腰だ。というのも、支援魔術には身を護るための防御魔術もあるのだが、それを発動することは今の俺にはできないのだ。

エンゲージの最大効果を引き出すためにキャパシティの殆どをつぎ込んでいる。そして、それでも余ったキャパシティは、別のもう一つの魔術を発動するためにつぎ込んでいた。


魔術の使用には二つ、術者の魔力総量とキャパシティという制限がある。

魔力総量は体力のようなもの。魔術を行使するごとに魔力は減少していき魔力が尽きれば当然それ以上魔術は行使できなくなる。それどころか体力が切れた時と同様に気絶したり、最悪死に至る。魔力の管理は魔術師にとって何よりも気に掛けねばならないことだ。

そして、キャパシティ。これは人にとっての腕のようなものだ。例えば荷物を持ち上げようとする時、腕は2本しかないから、摑める荷物も2つだけだ。たとえどんなに軽くても、その最大値は変わらない。そして大きな荷物を持つ場合、両手で抱え込まねばならない。それと同じように、魔術にも使用するものによって同時に発動できる数に制限がある。

今の俺には魔力的な余裕は有っても、キャパシティは使い切ってしまっている。けれど、そのおかげで判断に迷う手間を省けた。受け止めるという選択肢が無ければ逃げるしかないのだから。

仮に防御魔術が展開できていたとしても、今の攻撃を受け止め切れず防御魔術ごと打ち貫かれていたに違いない。

結果、選ぶことができない崖っぷちの状況が、逆に俺を救うことになった。なんとも皮肉に思えるけれど今重要なのはなんとか生き延びたということだ。

「とにかく、第一関門は突破だな……」

俺を仕留められなかったことに気が付いたドラゴンが、ゆっくりとこちらへと歩み寄って来ながら再びブレスを放つ為に、照準を合わせてくる。

しかし、その第二射が放たれるその前に――

「ハァァァアアアアッッッ！！！」

ドラゴンの側面からサンドラが飛びかかった。

空中で自身を軸に、風車のように回転しつつドラゴンに迫るサンドラはその勢いのままにドラゴンの脇腹へと大剣を叩きつける。

「グぅ?」

が、ドラゴンは一切痛みを覚えた様子はない。

実際その鱗には1ミリ程度の傷さえも作れておらず、一見サンドラの攻撃は全くドラゴンに通用しないという結果に終わった——かに見えるだろう。

けれど、俺の目にはハッキリと見えている。ドラゴン自身も気が付かない内に、俺達が一歩、勝利へと近づいたという証が。

「サンドラ、その調子だっ!!」

「うんっ」

俺の言葉にサンドラは頷き、そしてすぐさま大きく後方へと跳ぶ。その直後、サンドラがいた場所をドラゴンの尻尾が通過した。凄まじい速度の反撃であったがしっかり反応できている。

そして間髪を容れず、今度はサンドラとは逆サイドに立ったスノウが、手に持った指揮棒のようなワンドを振るった。

「喰らいなさい! **ダイヤモンドボルトッ!!**」

杖先から鋭い冷気を纏った稲妻が放たれ、ドラゴンの身体を撃ち抜く。

スノウが得意とする氷結系の攻撃魔術。その威力はこの階層の魔物達を一瞬にして氷漬けにするほどだけれど、ドラゴンの身体には一切、冷気の欠片も届いていない。

おそらく、あのドラゴンは冷たいとさえ感じていないだろう。しかし、それでいい。スノウもそれを理解しているからこそ、動揺せずに次の行動へと移っている。

「今度は私よっ！」

そして、俺とはドラゴンを挟んだ反対側、やつが上がってきたであろう大穴の向こう岸に立ったサニィが弓を絞る。

「**シャイニング・シュートッ!!**」

武器による攻撃を自身の魔力で増強させる武技、〝アーツ〟と呼ばれる技を放つ。

眩い光を放ちながら飛ぶ矢は、その派手な見た目に恥じること無い破壊力を有している——が、これもドラゴンの身体に触れた瞬間、まるで最初から飛んでいなかったみたいに勢いを失い、弾かれた。

さすがのドラゴンも全く痛みが無い状況に困惑しているように見えた。魔術も、アーツも、視覚的には相当に派手だ。本来であれば破壊力だって見た目に恥じない威力を有している。それなのにそれらは一切ドラゴンの身体に響かない。効かないではない……何も無いのだ。

もちろん、アレは魔物。人のような理性が備わっている筈もない。しかし生物らしい衝動はある。視覚から受ける情報をダイレクトに受け止め、反応する。攻撃を受けている筈なのに一切ダメージが入ってこないという、感覚に反する違和感を無視できない。

「みんな、確実に効果は有る！　反撃を喰らわないよう気をつけろよ！」

「当然だよっ、モノグ！」

そして、正面。俺とドラゴンの間に立つのはストームブレイカーのリーダー、レイン。

器用に両手で双剣を回し、軽やかに、それでいて風のように素早くドラゴンとの距離を詰める。

「**風牙！**」

わざわざドラゴンの視界を切り裂くように、刃を叩きつけるレイン。

ドラゴンも無視はできずに身構える……が、やはり衝撃は襲ってこない。

レインが気を引けばサニィが矢を放つ。サニィに意識が向けばサンドラが大剣を叩きつけ、サンドラに反撃しようものならスノウが魔法を浴びせる。

視覚的には相変わらず派手、それでも全く身体に影響がない——レイン達はそんな状況でも、怯むことなく何度も何度も攻撃を繰り返す。ドラゴンが慣れるより先に少しでもダメージを〝蓄積〟するために。

本来正面から、馬鹿正直に戦えば苦戦は必至。それこそ誰か犠牲となってしまうかもしれない。

圧倒的な力の差がある。

個々の強い・弱いではない、ドラゴンと人、その生物としてのポテンシャルの差は初撃を見ただけで全員が感じたことだろう。

しかしドラゴンの方は俺達を測りかねているに違いない。

痛みを与えれば逆上するだろう。恐怖を与えれば怒り、本気になるだろう。

手負いのネズミはネコに噛みつくという。それが大型の魔物になれば余計に手に負えなくなってしまう。

だからこそ、与えてはやらない。恐怖も、怒りも。

お前は俺達の力を知らないまま、困惑したまま、油断したまま、死んでいくんだ。

「よし、溜まった……！」

今、俺の目にはある数値が見えている。そして、その数値は目標まで積み重なった。


支援術師は戦闘を有利にするために、独自に敵の分析を行う魔術を持っている場合が多い——その術名はアナライズという。

アナライズは術者によってその効果が、見えるものが異なる。

例えば敵の強さをオーラの色とやらを見て判別できる者もいれば、レベルという概念で分類する者もいる。

俺の場合、敵の体力を数値化して見ることができる——俺はそれを〝ＨＰ〟と呼んでいる。

ＨＰは生命力のようなものだ。心臓や頭部が潰れるなどの部位の破損、致死量を超える出血など、本来死に至る筈の要素とはまた別に、このＨＰが無くなった生き物は死に至ってしまう。

刃も刺さらない、魔法も弾かれる——そんな敵であっても、剣で叩くことで、魔法をぶつけることでＨＰが１でも減らせれば、いつかその蓄積で殺すことができる。まるで毒が知らず知らずのうちに全身を蝕むように。

ただ、普通に戦っていればこのＨＰは効果的に削ることはできない。通常、ＨＰが尽きるより先に死は訪れる。それこそ血液の減少とかで。


だから俺は考えた。どうすればＨＰを効率的に削れるのか。

ＨＰが見える――それは俺に与えられた才能、数少ない武器だ。

無いものは無い。人は常に、その手に与えられた手札で戦うしかない。

だから創り出した。俺だけの、新たな支援魔術――アキュムレートを。

アキュムレートは発生する攻撃エネルギーを敵の身体に全て蓄積させる。

実際の物理的なダメージは消え失せ、今ドラゴンに起きているような、斬られたのに斬られていないといった視覚と現実が矛盾したような現象を引き起こす。

ただし、そのダメージは当然無くなりはしない。敵の身体に、確実に積み立てられていくのだ。

風船の中に空気が溜まっていくように。

そして、そのダメージを爆発させる契機は――

「レインッ!!」

「任せて、モノグッ！」

スノウ、サニィ、サンドラがドラゴンから大きく距離を取った。

そして、彼女らとは対照的に、レインは１人、ドラゴンに正面から突っ込んでいく。

「**バースト**ォッ!!」

アキュムレートを解除——すぐさまその分のキャパシティを使って新たな支援魔術を発動する。

俺の、俺達の切り札、バーストを、レインに託すッ！

「レイン、やっちゃいなさい！」

「お願いっ！」

「レイン……！」

仲間たちの応援を受け、そして俺の支援魔術を受け、レインの身体がその勢いを増す。

「行けッ!!　レインッ!!」

「ボクの、みんなの全てを乗せる……**嵐破爆砕刃**（らんぱばくさいじん）ッッッ！！！！」

勢いと、技と、想いの全てを乗せた、双刃による一閃。

俺のバーストを最大限活かすために、レインが編み出した必殺技——それがドラゴンの身体を穿（うが）つ。

「ウゴォォォアアアアア！！？」

ドラゴンが咆哮を上げる。最初とは違う、俺を見つけた時とも違う、聞いているこちらの胸が締め付けられると錯覚するほどに悲痛な、苦悶に満ちた声だった。

バーストはアキュムレートで貯めたダメージを一気に放出する魔術。パンパンに膨らませた風船

を割るための針……というとちょっとショボいけれど。

ただし、その最終的なダメージは貯めたダメージをそのまま喰らわせるのではなく、バーストによって放った一撃のダメージと掛け合わせたものになる。

4人で稼いだダメージを、レインの全てを込めた一撃が増幅し、爆発させる。そして、その爆発は、強靭なドラゴンのＨＰを一瞬で奪いきった。


その巨体が地面に倒れていく。

俺達はその姿を呆然と見ていた。

俺は、ドラゴンに表示されたＨＰが０を示しているのが見えているっていうのに、なんというか、実感として受け止められなかった。

けれど、段々と麻痺していた感覚が戻ってきて、加速度的に熱が沸き上がってきて――

「やった……」

声が漏れた。無意識の内に漏れていた。

「勝った……俺達、勝ったんだ……!!」

「やったぁぁああ!!」

最初に高らかに吼えたのはレインだった。それに仲間たちも続き、勝ち鬨を上げる。死の恐怖を乗り越え、俺達は勝利した。規格外の強敵、ドラゴンに。

「やったぁ！　やったよ、モノグーっ!!」

「うわっ!?」

興奮からか、何故かこっちに突っ込んできて、勢いのまま抱き着いてくるレイン。

彼は華奢だが、前線で戦うアタッカーに比べれば、サポーターってのは遥かにひ弱なもので――

俺は受け止め切れるわけもなく、勢いに押され地面に倒されてしまった。

「いってぇ……」

「ボクたち勝ったんだ！　ドラゴンだよ、ドラゴン！　子供の頃からずっと御伽噺（おとぎばなし）の中だけの存在だったドラゴンにっ！」

「そ、そうだな……」

興奮して頬を擦り付けてくるレイン。まるで長い間離れ離れだった恋人と再会を果たしたみたいに。

男同士でこういうことをやる趣味なんか無いのに……っていうか、なんだってコイツ汗臭さと別に妙にいい匂いがするんだよ……!?

「離れなさいっ！　レイン！」

「痛っ!?」

俺に覆いかぶさったままのレインをスノウがどけてくれた。雑に、足で蹴り飛ばす形で。

「アンタね……勢いに乗って何やってんのよ!?」

「別にいいじゃんか、こういう時くらい」

「駄目よ！　こういう時でもどういう時でもっ！」

レインがスノウに怒られている。

多分、想い人が野郎に抱き着いているのに嫉妬しているんだろう。スノウは乙女だからなぁ。

こんな高揚するようなタイミングでもいつも通りというのは少し頼もしい。

「ん、モノグ」

「サンドラ……ありがとう」

そして、続いてやってきたサンドラが小さい手を差し出してきてくれたので、俺はその手を掴み立ち上がった。とはいえ、今回一番ダメージが無いのは俺だ。他のみんなも無傷ではあるが、体力は随分消耗していると思う。途中から見るだけだった俺なんかより全然。

しかし誰も疲れを感じさせない。サンドラもいつも通りの無表情で俺を見上げてきていた。

「モノグ、お疲れ」

「サンドラこそ。いい攻撃だったぞ」

「うん。でも、次はバースト任せてもらえるよう頑張る」

サンドラは意気込むように胸の前で拳を握る。サンドラはレインに対し同じ剣士として対抗心を抱いている。ただ、同じパーティーである以上、直接勝負をして決めるというより、最後の一撃を任せてもらえるかどうかという形で対抗心を燃やしているみたいだ。

「モノグ君、お疲れ様」

「サニィも。弓、調子良さそうだったな」

「うふふ、分かった？」

「ああ。俺には蓄積ダメージが数字で見えるからな」

そして一番遠くにいたサニィも合流する。

俺が言った通り、サニィは弓の弦の交換がばっちりはまったみたいで、中々いいダメージを叩き出していた。

内心ホッとする。調子を崩すという可能性もあったわけだし、もしも事前にドラゴンと戦うなんて分かっていたら従来の弦のままにしたかもしれない。

「さすが、良い値段しただけのことあるよ」

「そうね、でも性能とか以上に、きっと気持ちが乗ってくれたから」

「気持ち？」

「ええ。だって、モノグ君が弦を付け替えてくれたことが正しかったって証明したかったんだもの」

サニィはほんのりと頬を紅潮させつつ、弓を抱きしめるように抱えながら微笑んだ。

「ちょっと、サニィ！」

どこかほんわかした空気が流れていたのだが、何故かそこにもスノウが割り込んでくる。

「アンタ、さり気なく抜け駆けしてない……!?」

スノウは小声で囁くように言っていたが、俺の耳にも届いてしまった。

しかし、サニィは俺と話していただけだ。抜け駆けも何もないだろう。

いや、もしかしたらスノウは、サニィがレイン攻略の為に俺を味方につけようとしたなんて勘違いしているのかもしれない。

つい苦笑してしまう俺だが、しっかりスノウの耳に届いてしまっていて――彼女は顔を真っ赤にしてこちらを振り向く。

「ちょ、モノグ……もしかして、聞こえた?」

「ああ、抜け駆けがどうとか」

「う……!!?」

かあっとスノウの顔が耳、首まで真っ赤に染まる。相変わらずこういうところは初心だ。普段はツンツン強気なくせして。

「ぬ、盗み聞きしてんじゃないわよ、バカぁ!!」

ドラゴンの亡骸が倒れる広間に、スノウの涙交じりの怒号が響き渡った。

先程まで死線をさまよっていたとは思えない、なんとも弛緩した空気だけれど――やっぱりこの和気あいあいとした感じが俺達らしい。

なんだか勝ったって実感よりも、生きてるって感覚の方が強くて、俺は――いや、俺達は腹の底から笑い合った。
ほんの少し、涙を滲ませながら。

今ある幸せを噛み締めて

倒したドラゴンの死骸を解体し、手に入れた良質な素材たちをしっかりポケットにしまい込む。

そして、ボス部屋の先にあるワープポイントへと着いた頃には、すっかり集中も切れ、俺達は全員満身創痍を自覚していた。

激しく動いた肉体的疲労もそうだが、なによりも長い緊張によって精神的に摩耗していたのだろう。

戦闘中、溢れ出していた脳内麻薬で麻痺していた疲労が戻り、それぞれに重くのしかかる。俺達は少しばかり休憩した後、そのまま地上へと帰ることにした。

帰るだけならワープポイントで一瞬だ。ありがとう、ワープポイント。ありがとう、ワープポイントを設置してくれた古代の親切な人。

ここから地上に徒歩で帰れと言われたら、いよいよ俺は文字通り骨をダンジョンの中に埋める覚悟をしただろうね。

「あー、お風呂入りたーい！」

「そうねぇ、サンドラちゃんも行く？」

「うん」

地上に帰った後、女性陣はそんならしい会話をしつつ、大衆浴場へと向かった。

お風呂か……いいなぁ、俺も行きたくなってきた。けれど、先に別の仕事が浮かんでしまったのでそれは後回しだ。

一応、俺達が止まる宿屋には簡単に汗を流せるシャワーがある。それで我慢だな。

「レインも先に休んでてくれ。俺、ギルドにドラゴンと、ドラゴンが開けた穴のことを伝えておく」

「あ、そっか。あのドラゴンが18層より遥か下から昇ってきたなら、その際に突き破ってきた穴がずっと開いているってことだもんね？」

「ああ。安易にショートカットできるようになった、なんて考える馬鹿が出てこないとも限らないしな」

俺達はワープポイントを経由して各層を移動している。今回攻略した第18層のゴールのワープポイントに登録すると、そのゴールに加えて、第19層の入口にもワープできるようになる。

第18層と第19層を繋ぐ階段のようなものは存在しない。だから、各階に深度にどれくらいの差があるのかは分からないのだ。中には空のように天井が高い階層もあるしな。

ドラゴンの開けた穴から飛び降りれば、どれくらい落ちるのかなんて見当もつかない。一個しかない命を賭けるには、少々リスクが高すぎる。

ギルドに情報共有しておけば、俺達よりも強いパーティーを斡旋し、穴を塞いでくれるだろう。

「ボクも行こっか？」

「馬鹿、もうそんな元気ないだろ。リーダー様はのんびりしていてくれよ」

「でもモノグだって……」

「でもも何もあるか。俺はお前たちが守ってくれたからまだまだ元気さ」

なんて、あれだけの緊張感、早々味わえるものでもない。極度の緊張から解放されて、正直今でも気を抜けばぶっ倒れてしまいそうではある。

けれど、レイン達に散々カッコいいところを見せられたんだ。俺もそんな彼らにくらい見栄を張っていたい。

レインは少し渋った様子を見せた後、観念したように頷いた。

「ごめんね、モノグ。迷惑かけて……」

「気にすんな。お前らを支えるのが俺の仕事だ」

「……うん、ボクらはモノグがいないとダメダメだもん」

いや、ダメダメは言い過ぎだろう。それはあまりに自分に対して過小評価すぎる。そして俺に対して過大評価すぎる。

レインだけじゃなく、ストームブレイカーの面々に足りないのは自信かもしれない。特にレインなんて今回ドラゴンにとどめを刺した立役者だっていうのに。

けれど、そんなことを考える反面、どうしても嬉しいという気持ちは湧いてしまう。

アタッカーを支えることこそサポーターのいる意味。

彼からの信頼は、それこそサポーター冥利に尽きるって話だ。

「守ってくれてありがとな、レイン」

「守るよ、何度でも。それがボクの役目だ」

レインが拳を突き出してくる。ちょっと気恥ずかしいが……まぁ、いいか。

俺は拳を突き出し返し、彼に応えるように合わせた。

そして、レインはそれでいったい何人の女を落としたんだと聞きたくなるような、無邪気で、無防備で、蕩けるような笑みを浮かべた。


それからレインと別れ、ギルドで事のあらましを説明する。

顔見知りの受付職員さんからは随分と心配されたが、なんとか対応してくれると言質をとった。

ただ、心配する癖に無駄に必要書類を書かされ、その間に日もすっかり暮れてしまった。あまり手間のかかるものでは無かったが、ついウトウトしてミスしたり、何故か個室で受付職員さんにずっと張り付かれ延々と愚痴を聞かされたせいで注意力が散漫になったせいだ。

なにが「モノグくんなら大丈夫でしょ？」だよ。何がどう大丈夫なんだよ。全然大丈夫じゃないよ……という俺からの苦情は受け付けられることは無かった。仕事選びやがって。

そんなこんなで、全てを終えた俺は1人、賑やかな夜の町を歩いていた。目指すは当然宿屋だ。シャワーも今日はいいや。さすがに明日はオフだろうし今日の分は明日風呂屋に行って流すことにして、さっさと寝よう。


この町の夜は結構賑わう。昨日の俺達みたいに酒盛りに勤しむ冒険者も多いし。

けれど俺も1人で飲む趣味はないし、仲間たちもダウンしているだろうし……


普段、こうして賑やかな中を1人で歩いていると、〝ストームブレイカーのお荷物〟に対する嫌味が聞こえてくるのだけれど、今日は全然気にならない。

きっとそれは、ボス戦前、みんなから貰った言葉のおかげだ。

世間じゃサポーターは不要という流れになっている。俺も少し流されつつあった。サポーター、大変だし。

でも、もしも、今日俺がいなかったら、レイン達は無事では済まなかったかもしれない。レイン達は俺のことを守ってくれる。けれど、同時に俺も彼らのことを守れた。

俺がいた意味も、ちゃんとあったんだ。

何とも現金な話だが、普通に嬉しい。ついつい口の端が上がるのを感じる。

「……もう少し、しがみついてみるか」

元々なりたくて冒険者になったんだ。しんどいからって諦めたいわけじゃない。

もしもレイン達が俺のことは不要だと、クビだと言い渡して来たら、きっとそれが足を洗うタイミングだ。


ダンジョンの最奥へと辿り着くこと――それは前人未踏の偉業だ。

果たして冒険者の中のどれくらいが、その夢を今も目標として抱き続けているだろうか。生きることに必死で、死の恐怖に夢を折られた冒険者もきっと少なくない。

しかし、彼らは違う。

ストームブレイカーはいつか、その前人未到の最奥へと辿り着く。俺はそんな確信を抱いている。

初めて彼らと出会った時からずっと抱き続けている。

レイン、スノウ、サニィはどんどん力をつけてきている。サンドラという心強い仲間も加わり、その勢いは留まることを知らない。

「アイツらはもっともっと強くなる。それこそ、いつか俺のサポートなんか必要無くなるくらいに。だから……」

俺は気が付けば笑っていた。

誰かに言われるでも、自ら心を折るでもない。

もしも俺のサポートが意味をなさなくなるくらい、彼らが強くなったら。その時こそ、彼らが栄光を掴む時だ。

だからそれまで、俺も頑張ろう。ストームブレイカーの一員として彼らを支え続けよう。

俺は待ち望む。そのいつかがやってくるその時を。

いつか、俺が不要な存在として、パーティーから追放される時を。

その頃、ストームブレイカーの面々が泊まる宿屋の一室、スノウら女子組に割り当てられた客室に、モノグ以外の面々が揃っていた。

そして何故か、リーダーであるレインが一人、正座をさせられている。他の3人に囲まれながら。

「レイン、何か弁明はあるかしら？」

そう、冷たい言葉を浴びせるのはスノウ。そんなスノウに対し、レインはどこか夢見心地で、満足げな表情を浮かべていた。

「……何ニヤニヤしてんのよ」

「だって、モノグかっこよかったんだもん」

普段、外では見せない柔らかく蕩けるような、恋する乙女らしい表情を浮かべるレイン。実に幸せそうなその姿にスノウは怒りを堪えるように口の端を引きつらせた。

「アンタ……自分が言ったこと忘れたんじゃないでしょうね!?」

「忘れてなんかないよ。抜け駆け禁止、でしょ？」

レインはスノウ、そしてサニィとサンドラを見てはっきりと言う。

「ならなんであんな……モノグに抱き着いたりしたのよ！　ず……ズルいじゃないっ!!」

「だってボクらは男の子同士だもん。ハグくらいするよ。普通のスキンシップだって」

スノウの責めるような口調にも一切怯まず、レインは満足げな表情を浮かべている。

そんな彼女の感情が爆発する前に割り込んだのは、意外にもサンドラだった。

「レイン、女の子でしょ」

相変わらず感情は薄いが、少しばかり怒ったような感情を滲ませるサンドラ。

そう、モノグや他の冒険者たちの認識とは異なり、ストームブレイカーのリーダーを務める双剣士レインの性別は――女性。

それを知っているのはこの3人の他は僅か数名程度でしかなく、モノグでさえもその事実は知らずにいる。

「いいや、男だよ。スノウとサニィは当然覚えてるでしょ？　冒険者パーティーを組む時に決めたこと――ボクは男になるって。女の子だけのパーティーなんてどうしたって悪目立ちしちゃうしね」

「でも、レインはモノグ君のことが好きなのよね？」

「うん、大好き」

サニィの質問、いや確認にレインは躊躇（ちゅうちょ）することなく頷いた。

「そんなの、みんなだってそうでしょ」

「っ……！　そ、そうだけどっ！」

真っすぐ視線を向けられ、スノウは顔を赤く染める。

「不思議よね、いくら幼馴染とはいえみんな同じ人を好きになっちゃうなんて」

「サンドラは幼馴染じゃないけど、モノグのこと好きだよ」

そしてサニィ、サンドラも同調する。

彼女たちは同じ冒険者パーティーの仲間であると同時に、たった1人の、同じ男性を巡る恋敵でもあった。

抜け駆け禁止というルールがあるものの、毎日水面下ではバチバチと火花を散らしている。

まさか彼女らから想いを寄せられているなど、それこそモノグは1ミリたりとも気が付いてはいないが。

「ボクからしたらみんなの方が羨（うらや）ましいよ。ちゃんと女の子としてモノグに接せられるんだもん」

「……そうね。レインが男の子のフリをしているのは私達の為だものね」

先程レインが言った通り、冒険者パーティーのリーダーを女性が務めているというのは、何かと悪目立ちをする。

気にしない冒険者も多い。しかし、変にからかってくる、もしくは下心丸出しで近づいてくる下衆な冒険者が存在しているのも事実だ。

だからこそ、彼女達は冒険者となる為に故郷を出る段階から対策を立て、3人の中で最も〝男性のフリをする適性〟のあったレインがリーダーとして男のフリをすることに決めたのだ。

レイン本人もその頃はむしろ乗り気で、煩わしい恋愛絡みの話に振り回されずに済むと考えていたのだが――まさか彼女自ら、その恋愛に嬉々として飛び込んでいくことになるなど夢にも思わなかっただろう。

男性をリーダーに、という意味ではモノグをトップに据えることも可能ではあるが、サポーターに対する現在の風当たりの強さを思えばそれも得策ではない。

その為現状、レインがリーダーを続ける必要があり、即ち男のフリを続けることも必要だった。

「ボクは、好きな人に男だと思われてるんだよ？　恋愛対象外で……そういう風に見てもらえる可能性もないんだ」

「レイン……。ごめん、アタシ……」

肩を落とし俯くレインに、スノウは強い罪悪感に襲われていた。

もしも自分が彼女の立場だったらと思うと、想像だけでも苦しくなる。

どういう言葉を掛けるのが正解なのか分からず、3人は黙って俯いてしまっていたが——そんな空気を吹き飛ばしたのは、まさかのその空気を作り出した張本人だった。

「だからっ！　ボクがモノグと同性ならではの熱いスキンシップを交わすのも、間抜けのフリしてモノグの匂いが染みついたベッドで寝るのも合法なのっ！」

「アンタ、そんなことやってたの!?」

彼女が故意にベッドを間違えているというのを、3人が初めて知った瞬間だった。

「ふふふ、モノグの匂いが染みついたベッドで寝るとさ……まるで彼に抱き締められている感覚になるっていうか——控え目に言って最高なんだよねぇ」

「モノグ君に抱きしめられながら眠る……!?」

何を想像したのか、珍しくサニィが動揺を露わにしつつ狼狽える。スノウ同様、顔を真っ赤に染めながら。

「ボクは男だからね。寝る直前までベッドトークに花を咲かせるのも合法！　寝顔を堪能するのも合法っ！　寝ぼける彼を優しく起こしてあげるのも全部全部合法なのっ!!」

「ズルい……！　サンドラも男の子になる……！」

「駄目だよ。これはボクの特権なんだから！」

自慢気に胸を張るレイン。挑発とも取れる態度に、他の3人の胸中に渦巻いていた罪悪感はすっかり消し飛んでいた。

「何が抜け駆け禁止よ!?　ちゃっかりとんでもない抜け駆けしてるじゃないの!!」

「あくまで男としてだよぉ」

「アンタそれ言っておけばいいと思ってるでしょ!?　全然良くないから！」

「ええ、良くないわね」

「良くない」

完全に罪悪感よりも嫉妬が上回った瞬間だった。

「でもさ、良くないなんて言うけど、それならボクだって言いたいことあるよ、サニィ」

「え？　わ、私？」

「今日ボス部屋前でモノグに何かしてもらってたよね？」

反撃とばかりに、今度はレインがサニィを標的にする。

そしてその矛先を向けられたサニィは、彼女に突き付けられた言葉に動揺を露わにし、恥ずかし気に俯いた。

「それアタシも思ってた！」

「サニィ、完全に女の目してた」

「し、してないわよっ!?　ただ弓の弦を交換してもらっただけ！」

「ふーん、弓の弦をねぇ？」

サニィの弁明を受けてもなお、納得しないレインは思いきり疑うように半目を向けている。

「ところでサニィ、随分弓を大事にしてるよね？」

「と、当然じゃない。私にとっては大事な商売道具だし――」

「それだけじゃないよね。サニィ、ずっと同じフレームを使ってるけれど、あれってモノグと一緒にカスタマイズしてきたからなんじゃないの？」

「う……！」

スノウに言い当てられ、思わず怯むサニィ。

年長者だからこそしっかりしなければならない。そう思っている彼女にとって、そのささやかな拘りはあまり触れられたくないものだった。

「サニィ、アンタもしかして……あの弓をモノグとの子供とか思ってるんじゃないでしょうねぇ」

「うっ……!?」

「え、その反応マジなの!?　ちょっとした冗談のつもりだったんだけど……!?」

「ち、違うの！　子供ってほどじゃないけれど、その……それなりに、大切にはしているというか、愛着があるっていうだけで、モノグ君とのこ、子供なんてそんな……！」

年上としての尊厳を見事に崩されつつ、涙目で唸るサニィ。しかし、何を考えているのかその頬は真っ赤に染まっていた。

そんなサニィを見て、静かにしていたサンドラが立ち上がる。

「羨ましい」

「サンドラ？」

「サンドラもモノグに子供作ってって頼んでくる」

「ちょっ、サンドラ!?」

「それは抜け駆けなんてレベルじゃ収まらないないわよっ!?」

突然そんな物騒なことを言いだしたサンドラをレインとスノウが慌てて止める。

そんなこんなで度々攻守を交替させつつも、一同は賑やかな時間を過ごしていた。

しかし、それはほんの一時のことだ。

冒険者に安息は無い。ダンジョンは下の階層に進めば進むほど敵が強くなっていくようになっている。今日乗り越えた壁よりも高い壁が、そう遠くない未来に待ち構えていることを彼女らは知っている。


だからこそ、彼女らは今日という日を懸命に生きる。

後悔が無いように。自分たちの勝ち取った〝今〟を噛み締めるように。

いつの日か、ダンジョンの最奥へ。その夢を叶えるために。

彼女たちは、彼らは――ストームブレイカーは走り続ける。

スノウの異変

冒険者パーティーにおける雑用係の朝は早い。

たまにガッツリ寝坊してレインに起こされている俺が言っても説得力は薄いが、早いったら早い。

理由は当然、その日の冒険の準備を行うためだ。


もちろん前日にやってもいいのだが、雑用係ってのは大抵俺みたいにサポーターが兼任している。前日の夜はそれこそ出歩いているアタッカーも多くて、中にはサポーターって分かると絡んでくる奴もいて——そういったトラブルを避けるためにも、そいつらがグースカ寝ている明け方に準備を進める方が何かと円滑に進むのだ。

俺の場合、最も重要な最深階層の攻略準備は前日にしっかりと、既に攻略済みの階層に新しい技を試したり、素材を集めたりしにいく準備は当日の朝にサクッと行うと決めている。

ダンジョンは危険な場所だ。常にしっかりと準備をするに越したことは無い。しかし、毎回毎回準備を頑張りすぎれば息切れしてしまう。何事にもメリハリは大事だ。

2つの目的を比較し、特に重要なのは最深階層の攻略だ。頻度もこちらの方が少ないからこそ、準備は念入りに。しっかりとそれを俺自身に意識させるようにしている。俺は弱く、すぐに気を抜いてしまうからな。

そういう訳で、今俺がこうして朝に町へと冒険の準備に繰り出しているのは、今日が最新階層の攻略ではなく、攻略済みの階層の探索だからだ。それも金策のためのもので、難易度的にも無理をしない程度の階層に行く予定のため、準備も程々でいい。これ、もう殆ど朝の散歩みたいなもんだね。

この町は朝もそれなりに賑わっている。それも先の理由から、一日の中で数少ないサポーターが中心となった時間で、俺はこの時間が結構好きだ。俺にもそれなりに同業の仲間——他パーティーでサポーターをやっている知り合いはいて、彼らとの情報交換は非常に有意義で勉強になる。

そんなわけで俺は朝の市場を練り歩くと同時に、話し相手になりそうな、適度に暇している知り合いを探していたのだが——

「あれ？」

不意に、よく知った背中が視界に映り込み、首を傾げた。

普段だったら絶対、こんな時間にいない少女の姿が。いや、絶対は言い過ぎかもしれないが、今までに見たことはない。アイツ、結構朝に弱い筈なんだけど……。

「なにやってんだ？」

そんな疑問を口にしつつ、俺は気になって彼女の後を追い始めた。

声は掛けず、尾行する形で……別にそういう、疑う仲でもないのだけれど。


彼女は出店の間を抜け、裏路地へと進んでいく。

この先には確か魔術師用の道具を扱う店が幾つかあったはずだ。彼女なら興味を持っていてもおかしいことはない。もし変なことに首を突っ込んでいたらどうしようという嫌な予感もあったのだが、その心配はなさそうだ。

などと思いつつ、俺は尾行を続行した。ここからはただの好奇心だ。スノウほどの魔術師がわざわざ早起きする目的が気になったからだ。何か面白いネタでも手に入れば、面白いし。

なんて思いながら覗いていると、彼女が不意に立ち止まった。

彼女は店の一つ、ガラス張りのショーケースの向こうに展示された杖に目を向ける。最初からそれを探していたわけではなく、偶々（たまたま）視界に入っただけという感じに見えた。

ただ、彼女はすぐに吸い寄せられるようにベタっとショーケースに張り付き、まじまじと杖を眺め出した。舐めるようにというのはああいうことを言うのだろうか……？

「うわぁ、これ凄い……いい素材使ってるし、良い感じに重そう……って高ぁっ!?」

彼女はそう叫びながらも懐から財布を取り出し、その中を見て――

「はぁ……」

大きく溜息を吐いた。

「へー……新しい杖か。しかもロッド」

「ッ!? も、モノグっ!?」

「よっ。レインじゃなくて悪かったな」

まだバレてはいなかったけれど、いつまでもコソコソしているのも変だったので、俺はあっさり姿を晒し、挨拶する。我らストームブレイカーが誇る攻撃術師、スノウに向かって。

対するスノウは、まるで幽霊でも見たかのように驚きで目を真ん丸に見開いていた。しかも少しばかり身体を震わせて――そのあまりにオーバーな反応に、なんだか悪いことをした気になる。

「な、なんでアンタがここにいるのよっ!?」

「そりゃこっちのセリフだ。普段ならまだ寝てる時間だろ」

「それは……」

気まずげに俯くスノウ。

そんな彼女の視線の先には、先ほど子供のように目を輝かせて見つめていたロッドがあった。

戦士にとっての剣、槍、弓――そういった有って当たり前の武器と同様に、魔術師にもちゃんと武器が存在する。

魔術師の武器の殆どは杖。ただし、一般的な武器とは異なり、それで直接敵を殴るのが目的じゃない。魔術師の主役はあくまで魔術だ。魔術師用の武器は、その魔術を引き立たせるための存在に過ぎない。あった方がいいか、無い方がいいか……それは魔術師の好みによって変わる。

今、スノウが見とれていたこのショーケースの中にあるロッドもその魔術師用の武器だ。値段は……確かに高いな。中々の高級品だが、戦士用の同質のものに比べても高い。魔術師用の装備ってのは基本的に高めに設定されているのだ。

「でもなんでわざわざロッドを？　お前、ちゃんとしたワンドを持ってるだろ」

「う……そうだけど……」

スノウは気まずげに目を逸らす。何かを隠してます、と言っているようなものだ。

「まさか……壊したか？」

「なっ……！　壊してないわよっ！」

スノウは腰に差していたワンドを付きだしてくる。なるほど、確かに破損の跡は見られない。それどころか、丁寧な手入れがされている。とても、わざわざ高い金を払って買い替えようと思うやつがすることじゃない。

だからこそ、どうして彼女が新しい武器、それも慣れたワンドではなく、ロッドをああも物欲しげに眺めていたのか分からなくなってしまった。

彼女が使っているワンドは、俺がストームブレイカーへ入った時には既に使っていたものだ。ただ大事に使っていてほとんど劣化は見られない。物としては特別でもないが、彼女の魔術のキモは彼女自身だ。杖はあくまでオマケなんだから。

「わざわざ買い替えるのはちと勿体ないんじゃないか」

「うるさい」

「なぁ、スノウ。何か悩んでるのか？　俺で良ければ相談に——」

「うるさいったらうるさいっ！」

俺の言葉を遮って、スノウは歩き出してしまう。

「お、おい。どこ行くんだよ!?」

「宿に帰るだけよっ！」

あからさまに拒絶する彼女を俺は追うことができず、ただ見送るしかなかった。

情緒は若干不安定だが呆然自失といった様子ではないし、足取りもしっかりとしている。

しかし、何故だろう。彼女の背中からは〝逃げ〟を感じた。普段強気な彼女にはあまり似合わない感じがする。

もしもここにいたのが俺でなくレインだったら、彼女も少しは相談できたのだろうか。想い人相手だと余計に弱みは見せたくないと反発する可能性もあるけれど……まぁ、拒絶された俺がそんな後ろ向きの仮定を立てるのは変な話か。

「しかし、ロッドか……」

ショーケースの中に飾られたロッドに目を向ける。確かに高価だけれど、この間倒したドラゴンの素材がまだ残っている。何かに使えるんじゃないかと一旦売らずに、俺の馴染(なじ)みの鍛冶屋に良い活用方法が無いか考えてもらっているところだ。

それらを売れば、このロッドは余裕で買えるだろう。ただ、やっぱり勿体ない気がしてしまう。

魔術師にとって武器はそれほど重要ではないというのが俺の持論だ。

剣の切れ味を始めとして、武器の品質が直接戦闘力に直結する剣士たちとは違い、魔術師は杖に金を掛けたとしても、敵を攻撃するのは魔術だ。

ただ、当然全く無意味な訳でもない。杖には魔術の効果を高める補助的な役割が付与されているものも多いし、それにいい杖を使っているということは魔術師に安心感を与える。

魔術は精神状態と強く連動していて、術者が不安定な精神状態であれば、放たれた魔術もまた不安定なものになってしまう。

魔術師も人間だから、様々なタイプがいる。感情のない人形みたいなタイプ、逆に感情の起伏が激しいタイプなど。

スノウは感情の起伏が激しい方だ。上がる時はどこまでも上がるが、落ちる時はどこまでも落ちてしまう。良い意味でも悪い意味でも、彼女の放つ魔術はスノウ自身なのだ。

けれど一般に、魔術師として正しいとされるのは、感情のない人形みたいなタイプだ。

——魔術師は常に冷静であれ。


どこかの誰かが言ったそんな言葉が、今では魔術師界の常識になっている。

気持ちが乗れば１００点、乗らなければ50点……そんなムラを出すくらいなら、全て75点がいい。

ロマンより安定ってことだが、あながち間違いでもない。いざという時に本領を発揮できなければ、それが命取りになりかねないし。

この言葉に当てはめれば、スノウは決していい魔術師ではない。それこそ、１００点か50点……いや、１２０点か30点ってところかな。アイツの場合。良い時は凄く良い。駄目な時はとことん駄目。それがスノウという魔術師だ。

けれど、俺は彼女に魔術師としての欠陥があるとは思わない。事実、彼女は何度も俺達の窮地を救ってくれた。感情を思う存分に乗せた、彼女だけの魔術で。

同じ魔術師だから思う。彼女と同じように笑い、彼女と同じように泣き——彼女の写し鏡とも言える、その魔術の美しさよ。

誰かに師事すれば、どこかで必ず矯正されてしまう。そして、自分一人で魔術を学ぶには、これまで人間が長い間積み上げてきた魔術に関する理論、経験を無視してなお輝く、圧倒的な才能が必要だ。

スノウはそれを成している。無自覚に、当然のように。

「ああ、すげぇなぁ……」

思わずそう呟く。

俺は今自分に生まれている感情の正体を知っている。

羨ましい。俺は魔術師として彼女に憧れずにはいられない。

当然、攻撃術師と支援術師という違いはある。

攻撃術師は常に敵を攻撃し、ヘイトを集め、死に至る可能性に晒されている。

支援術師が魔術を掛ける相手は仲間だ。敵を倒すためじゃなく、守り支えるために魔術は有る。

ただ、同じ魔術のエキスパートだ。だから、彼女の凄さはきっと、ストームブレイカーの誰より俺が知っている。幼馴染であるレインやサニィよりも。

「って、アイツのことを心配するつもりで、嫉妬してちゃ仕方ないな」

俺はそう自嘲しつつ、脱線しかけた思考を落ち着かせる。

スノウは凄い魔術師だ。それこそ、武器の良し悪しごときに彼女の輝きが乱されることなどない
……俺はそう思っていた。

しかし、先ほどのあの反応……もしかしたら俺は見えていなかっただけなのかもしれない。

彼女の揺らぎ。彼女の、心の弱さを。

120点ばかり見て、30点の部分を。

「やっぱりここにいるのは俺じゃなくて、レインであるべきだったかな……」

同じ魔術師だから分かる。分かるということは、時に足枷(あしかせ)だ。踏み込むべき時に踏み込めなくなる。スノウも、俺が分かっているからこそ喋(しゃべ)りたくないことはあるだろう。

「はぁ……」

今日は普段よりも気が楽な朝だ……なんて、そんな風に気を抜いていた俺の頭に冷や水をぶっかけられた気分だ。

俺はまたすぐにスノウと顔を合わせなければならないことを思うと、ついつい深く溜息を吐いてしまうのだった。

◇　◇　◇

「やぁ、おはようモノグ」

「ん、ああ」

ダンジョン探索の準備を終え、集合前に一度自室へと戻ると、すっかり出発の準備を終えたレインが笑顔で出迎えてきた。何故か俺のベッドに身を放り出しながら。

ちなみに、昨日はちゃんとそれぞれのベッドで寝た。

だから今、レインが俺のベッドに転がっているというのは、きっと間違いではなくワザとだ。動機は一切不明だけれど。

「お前さ……そこ俺のベッドだって知ってるよな」

「モノグのじゃないよ。この宿のだ」

「そういう屁理屈が聞きたいんじゃない」

絶対俺の言いたいことは分かっている筈なのに、悪びれることなく笑顔を向けてくるレイン。

コイツのことだ。ただ俺をからかって遊んでいるのだろう。何が楽しいのかはさっぱり分からないが。

「あれ……？　モノグ、ちょっとこっち来て」

「あん？」

レインに手招きされ、近寄る。

するとレインはガバっと身を起こし、両手で俺の頬を挟んできた。

「なっ……!?」

「じっとして」

思わず動揺する俺だが、レインは真剣な口調でぴしゃりと止めると、まじまじと俺の顔を見つめてくる。

コイツ、相変わらずの美人イケメン具合だな……まつ毛長……。

その真剣な眼差しに思わず息を呑んでしまう。男の俺でも魅入ってしまうのだ。もしも俺が女だったらイチコロだっただろう……なんて考えてしまうのが、負けたみたいで嫌だ。

いや、そもそも俺がコイツに勝ってるところなんてあるだろうか。身長か。身長くらいか。それと体重。

「モノグ、何かあった？」

「え？」

「表情が硬い。少し顔色も良くない。モノグが思いつめてる時によく見る感じだ」

「そ、そんなの分かるのか……？」

「うん、当然だよ。ボクもリーダーだからね。ちゃんとキミのことは見ているつもりだよ？」

そう、レインはこれまで何人の女の子を落としてきたんだと呆れたくなるような笑顔を向けてくる。

宿屋の一室、それも2人きりというシチュエーション……正直、相手は俺であるべきではないと思うんだけど。

「何か悩み？」

「……まぁ、色々な」

「ボクじゃ話す気にならない？」

「別にわざわざ相談するようなことでもないから」

「ふーん……？」

レインは俺の顔を離し、少し拗(す)ねたみたいに唇を尖らした。

「なんとなく分かった。モノグが自分のことじゃなくて、誰かのことで悩んでるんだって」

「うえっ!?」

「というか、モノグが自分のことで悩んでいる時はもっと分かりやすく顔に出るよ」

つまるところ、俺は随分と分かりやすい人間らしい。何もレインに限った話ではなく、ストームブレイカーの連中は妙に察しが良いというか、俺が腹に何かを抱えている時はそれを指摘してくることが多い。

優れた冒険者というのは、そういう感情の機微(きび)にも聡(さと)いのだろう……なんて思っていたものだが、彼らが特別というわけではなく、ただ単に俺が分かりやすすぎるだけなのかもしれない。

俺がパーティー追放の流れでうじうじしていたのもしっかりバレていたらしいし……なんだか恥ずかしいな。

「ま、こういう時のモノグは頑(かたく)なだからなぁ。全然打ち明けてくれないから歯がゆいよ」

「いや、そんなことはないだろ。結構相談しているつもりだぞ。お前とかサニィとかには特に」

「頼りにしてくれてるのは分かってるよ。ボクも、サニィも」

レインは苦笑しつつ、俺の頬をぐにぐにと撫でまわしてくる。凄くくすぐったい。

「けれど、だからかな。相談してくれない時は、余計に気になっちゃうんだ」

「だったら全部隠してた方がいいか？」

「できないくせに」

ああ、レインは俺のことがよく分かっているなぁ。俺には悩みを全部1人で抱え込めるほどの器なんて無いのである。

「でも、モノグの悪いところは、顔には出すくせに、言わないって決めたことは絶対に言わないところなんだよね。そういうところが信頼できる理由にもなるんだけど」

まるで子供をあやすような、優しい口調だった。馬鹿にされている感じもするけれど、同時に〝信頼〟という言葉が嬉しいと感じてしまう。

「モノグがボクに言えないのは、それが必要だからだよね？」

「……ああ、そうだな。俺はそう思ってる」

「それじゃあ聞かない。モノグの言うことは大体正しいからね」

ちょっと歯がゆいけど、などと言いつつ、レインは嬉しそうに笑った。なぜ彼がそんな表情を浮かべているのか、正直分からないけれど。

「けれど、もしもモノグが間違っているって分かったら……その時はモノグが嫌って言っても首を突っ込ませてもらうからね。ボクだけじゃない、他のみんなだってそうさ」

「それは……頼もしいというか、怖いというか」

「頼もしい、だけでいいよ」

レインはそう笑い、ようやく俺を解放してくれた。

すっかり飲まれていたということだと思うが、その時になって俺は初めて、レインに鼻と鼻がくっつきそうな距離まで迫られていたことに気が付く。

ただ、それだけ迫られても俺は口を割らなかった。レインの察した俺の悩みは当然スノウのことで、俺は彼女を見つけた時、俺じゃなくてレインがそこにいれば良かったのに、と思っていた。

しかし、あのスノウの取り乱した様子……俺相手でもああだったのだ、想い人であるレインに見られていたら、もっと彼女は追い詰められてしまっていたかもしれない。

魔術師というのはプライドの塊だ。魔術は己自身。それを武器にしているような奴が、自尊心が低いなんてことは滅多にない。当然スノウも……俺もだ。

まだ何も分かっていない。何故彼女が新しい武器を欲したのか。それがいつからのものか。その原因は何か。

何も分からない状態で話を広めてしまい、誤解を生むことほど恐ろしいものはない。誤解は正解を遠ざけ、隠してしまう。武器を新しくするだけじゃなく、その先……スノウが真の意味で、彼女が抱える悩みから解放されるには、ここでレインに打ち明けるわけにはいかない。

「でも、なんだか嫉妬しちゃうなぁ」

「え……？　お前が俺に嫉妬することなんてないだろ」

「モノグに嫉妬したわけじゃないよ」

じゃあ何に。そう聞こうとしたが、その前に、

「っと、そろそろ時間だ。行こう、モノグ」

そう、一方的に話を打ち切られてしまう。元々、この会話はレインが始めたものだ。彼が切り上げるというのであれば、俺から文句を言うことではない。

レインが何に嫉妬していたかは分からないけれど、現在のスノウのこと一つでもキャパオーバー気味だし、それ以上のことを抱えるには、それこそ荷が勝ちすぎているというもの。

俺も特に追及せず、彼に従うことにした。

「ああ、そういえばモノグ。このあいだ噂で聞いたんだけどさ――」

そのまま俺達は関係の無い雑談へと切り替えつつ、部屋を出る。

彼と話しながら、俺はレインの静かで、しかし確かな優しさ……気遣いを感じていた。踏み込まず、しかし放り出さず、いつでも俺が助けを求めれば力を貸せるように構えてくれている。

誰かに優しくできるということは、自分も誰かにそうされたことがあるということだ。弱さを知っているから、弱さを認めることができる。

もしかしたらレインも、何か抱えているのだろうか。そんな変な邪推が頭をよぎった。

「ん、なんだいモノグ。ボクの顔をじろじろ見て。何かついてる？」

「……いや」

「だったらなにさ」

「なんでもない。っておい、顔近づけてくんなよ」

「んー、だってこの方がよく見えるでしょ？」

レインはそうニコニコ笑いつつ顔を近づけてくる。

けれど、やはりレインには、俺が彼に指摘を受けたような〝顔に出る〟ような迂闊さは見られなかった。

◇　◇　◇

今日のダンジョン探索の目的は新しい階層の攻略ではなく、攻略済みの階層での素材集め。

新しい戦術・戦略を試したり、金を稼いで階層攻略のための資金に当てたりと、この時間もダンジョン攻略を進めるために十分必要なものだ。

だが正直なところ、攻略済みの階層での探索における俺の仕事は殆ど無い。なぜなら俺が支援魔術を使わずとも、うちの優秀なアタッカー達がゴリ押しできてしまうからだ。

本来、支援魔術は〝補う〟のが目的だ。例えば敵の強さを１００とする。そしてこちらの強さが90だとして、10足りないまま戦えば、数値上敗北必至だ。

だが、支援魔術で補強すれば、90が１００にも、１１０にも跳ね上がっていく。アタッカー単体の実力を超える敵とも十分に渡り合えるようになるのだ。

……なんて、それはあくまで格上相手の話。アタッカー単体の強さが90でも、敵が80、70であれば、支援魔術による補強は必要無い。

ストームブレイカーの連中はどいつもこいつも〝天才〟ばかりだ。壁を乗り越えるごとに確実に力を付けていっている。今更、過去の階層で躓(つまず)くなんて考えられない。

もちろん、ダンジョンに生きる魔物達にそんな事情は関係無く、奴らは常に侵入してくる人間達を喰い殺そうと牙を磨いている。有名な冒険者でも、浅い階層で油断し、命を散らすなんて話は枚挙にいとまがない。

なので、俺も、その万が一に備えて用意こそしているものの、殆ど出番は無く、世間のイメージ通り役に立たないお荷物になってしまっている。精々(せいぜい)出番はレイン達が打ち倒した魔物の死骸から売れそうな素材を回収するくらいなものだ。

「スノウ、そっち行ったよ！」

「分かってるわよっ！　喰らいなさい、**アイス・シュートッ！**」

レインの声に応え、スノウがワンドを振るい氷の弾を放つ。

氷の弾は、空中を機敏に踊る巨大な蜂のような姿をした魔物、ホーネットを易々と捉え、撃墜した。大味な力強い攻撃魔術が彼女の持ち味であり、逆に細かいコントロールはあまり得意にしていない。しかし、彼女は今、素早い敵に対してピンポイントに撃ち抜いてみせた。

傍から見ている分には絶好調だ。それこそ、使い慣れたワンドも十分に機能している。

だからこそ、余計に朝見たものが気になってしまう。今朝の彼女は、それこそ今目の前にいるスノウの他人の空似だったのではないかと思えるくらい、違った。当然他人の空似なわけはなく、実際今日の出発から今に至るまで彼女とは一度も目が合わない。意識的に逸らされている。

「モノグ、どうしたの」

「サンドラ……ええと、何が？」

「なんだかボーっとしてる」

大剣を背負った小柄な少女、サンドラはそう首を傾げつつも、どこか責めるように尋ねてきた。

「ダンジョンはほんの少しの油断が命取り。集中しないとダメ」

「ああ、そうだな。その通りだ。悪かった、サンドラ」

「ん。でも大丈夫、モノグはサンドラが守るから」

サンドラはそう胸を張りつつ、しっかりと俺の手を握ってくる。

彼女は年下だが、これは甘えての行動ではなく、むしろ逆。どちらかと言えば、飼い犬にリードをつける感覚といった方が正しいだろう。

支援術師の俺は魔物とは戦えない。才能が無いのだ。

魔物を倒すには、スノウのように攻撃魔術か、レイン、サニィ、そしてサンドラのようにアーツを使う必要がある。ただぶん殴ったり、剣で叩くだけでは倒すことができない。魔物を狩るアタッカーになるには、それらが何かしら扱えるという才能が必要で……俺にはそれがない。

だから、ダンジョン探索の際にはアタッカーの枚数を減らし、誰かが俺を守るよう傍にピッタリついていてくれるのだ。自分の身は自分で守らなければならない冒険者稼業で、これほど手厚く対応してもらっているのは俺くらいかもしれない。別にいいと言っても、彼らは決してこの体制を崩そうとしない。おかげで俺は比較的安全にダンジョン探索ができるのだが、その分プライドはズタボロだ。たまにふと冷静に返り、冒険者を引退したくなったりするくらいにはズタボロだ。

今日の探索では俺のプライド傷つけ係――否、護衛役をサンドラが引き受けてくれている。いや、護衛というより介護といった方が正しいかもしれない。自分で思っておきながら、結構傷つくけれど。

彼女は度々魔物と戦う為に傍を離れるものの、大剣で軽々と魔物を切り払い、そしてすぐさま戻ってくると、甲斐甲斐しく手を繋いでくる。ああ、優しいなぁ。その優しさが身に染みて、なぜか涙が出そうだね。

「サンドラ、やっぱり手を繋ぐ必要は無いんじゃないかな。一々お前も大変だろうしさぁ……」

「や」

守ってもらっている身としてあまり強くは言えないが、強く言えないなりに控え目に訴える俺に対し、サンドラはたった一文字だけで否定を返してくる。しかも随分力強く、俺に一切付け入る隙を与えない語気で。

正直、プライド云々は放っておくにしても、こうして手を繋がれたままでは、俺の数少ない役目である素材回収も片手でやらねばならず、満足にこなせないのだけど。

まぁ、ここでうだうだ問答を繰り広げても仕方ない。これは何もサンドラだけが頑固というわけではなく、基本的にうちのパーティーメンバー全員に適用されることだ。

というのも彼女以外の全員がそれぞれもっともな理由を上げて、俺の自由を奪ってくるのだ。1人くらいなら性格とか好みとかで片付けられる問題が、全員からとなればいよいよ俺の〝お荷物感〟にも箔がつくというものである。


片手が塞がっているという問題は一旦仕方ない。それにこんな状況だって毎回のことだ。対処法は確立している。

「……それじゃあサンドラ。今スノウが倒したホーネットの解体をするから、手伝ってくれるか」

「うん」

対処法と言っても実に単純で、俺の左手がサンドラの右手に繋がれ不自由ならば、代わりにサンドラの左手を俺の左手代わりに使えばいいというだけだ。

ただ、これには一つ欠点があって……

「あ、つぶしちゃった」

「…………」

このサンドラという少女……大剣を振り回すという大味な戦闘スタイルに恥じることのない、不器用さの持ち主なのだ。

今もホーネットの薄羽をしっかり握り潰してしまっている。薄羽というだけあって、その部位は脆く繊細なのだが、何もサンドラの場合、そういう素材でなく、むしろ頑丈なものでも平気で握り潰したりするのが難点だ。

「ごめん、モノグ」

毎度毎度のことではあるのだが、本人は結構気にしているのか、しゅんと肩を落としていた。

「いいや、大丈夫だ。それほど貴重ってわけでもないしな」

「うん……」

がっくりと肩を落とすサンドラを慰めつつ、俺はホーネットの死骸、その傷跡に触れる。

スノウが放ったアイスシュート、氷のつぶてはホーネットの身体を貫通することなく、埋まっていた。

氷のつぶてに触れると、まるで新雪が崩れるみたいに消えていく。それでも僅かに残った魔力の残滓は読み取ることができた。

「どうかした、モノグ?」

「なぁ、今日のスノウ、どう思う?」

「スノウ?」

サンドラが小首を傾げる。さすがに質問がアバウトすぎたか。

「ええと、同じアタッカーから見て、調子がいいとか、悪いとか……そういうのなんか無いか？」

「ん……普段通りだと思うけど」

スノウの方をチラッと見た後、サンドラはそう答える。

普段通り……そうだよな。俺も今朝のことが無ければ、「調子良さそう」だけで済ませていたと思う。

「……でも」

しかし、サンドラはそう続けつつ、自信無げにこちらを見た。

「なんだか、少し速い……かも」

「速い？」

「うん。テンポ、っていうのかな。ほんの少し踏み込みが浅い感じがする」

テンポ……言われてみると確かにそんな気がした。

魔術の行使には武器を扱う時のような体重移動は殆ど必要無い。スノウの場合もそうだが、腕でワンドが振るえさえすれば、フォームがどうとか、型がどうなんてものは存在しないからな。

しかし、適当に振るえばそれだけ発動される魔術も適当になる。決まった型は無くても、大体魔術師というのは自分が魔術を使う際の動きは意図的にしろ、無意識の癖にしろ確立しているものだ。

サンドラは剣士だ。魔術師のそういう細かなことは知らないはずだ。しかし、おそらく彼女の剣士としての直感が言い当てた踏み込みは、おそらく魔術師用語の〝溜め〟に置き換えられるだろう。

魔術を発動するにはある程度の溜めが必要となる。

これはキャパシティではなく、魔力の方だ。同じ魔術であってもどれくらいの魔力をつぎ込むかによって、威力・性能が変化するのだ。

溜めが少なければ、少ない魔力で素早く発動できるが、その分威力は下がってしまう。

溜めが大きければ、発動まで魔力も時間もかかるが、その分威力や性能が上がる。

大切なのは常に適切な溜めをつけて魔術を放つことだ。感覚としてはマラソンに似ている。勾配に合わせ、状況に合わせ、そして自分自身の体力を管理しペースを決めるのが肝要だ。

息切れしないように、しかし最大のパフォーマンスを出せるように、相手を見極め、適切な溜めを作り、魔術を放つ。それも魔術師にとって大事なスキルだ。


スノウが先ほど放ったアイス・シュートはその点で考えるとギリギリだった。ホーネットの命は辛うじて奪えている。

ただ、ギリギリってのはギリギリ殺せる威力に調節したって意味じゃない。ギリギリ〝殺すことができた〟ってことだ。運が良かった。もう少し、ほんのちょっとでも浅ければこいつはまだ動き出していただろう。

スノウはそんな危ない橋を渡ろうとするタイプじゃない。感情の起伏は大きく、ムラはあるけれど、だからこそ堅実であろうと心掛けている。魔力をケチって倒せないくらいなら、魔力切れになった方がマシだと思うタイプだ。

そして同時に、スノウは〝器用な魔術師〟ではない。細かな調整もやらないではなく、できないのだ。

そもそも魔力は目に見えず、調整は感覚がものをいう。その感覚も何度も成功と失敗を繰り返して摑んでいかなければならない。

信じられない話だが、スノウはそういう反復練習を殆どしていないという。感覚——というか才能だけで溜めをコントロールしているのだとか。まるでルールを知らないゲームで、ルールを知らないままトッププレイヤーに君臨している……。なんとも非常識で圧倒的な才能だ。

ただ、だからこそ、普通の魔術師が感覚として身体に染み込ませている〝溜め〟も彼女の精神状態に忠実に揺らいでしまう。

サンドラの言う通り、彼女の放つ魔術のテンポが速く、溜めが浅くなっているのであれば、それはそのまま〝焦っている〟とも置き換えられるだろう。

「モノグ？」

「……いや、なんでもない」

長考で、黙り込む俺の腕を、サンドラが心配そうに引っ張ってくる。表情の変化に乏しくとも、その手からは俺を気遣う優しさがハッキリ伝わってくる。

俺はそんな彼女に笑い返しつつ、気持ちに応えるように手をしっかり握り返した。けれども、サンドラの表情は晴れない。

あ……もしかしたら、今朝レインに言われた〝顔に出る〟ってやつをまたやってしまったのかもしれない。

「いや、本当に大丈夫だ。ちょっと気になることができたくらいでさ」

「……そっか」

「ありがとうな、サンドラ。気遣ってくれて」

それでも結局、俺にはそう笑顔で誤魔化(ごまか)すことしかできない。

スノウが何かに焦っていると分かった。しかし、その何かが分からないことには依然変わりはない。今、何か言ってサンドラを余計に混乱させるだけだ。

ただ、感謝は紛れもなく本心だ。彼女のおかげで気が付かなかったことにも気付けたのだから。

それは伝わってくれたのか、俺の言葉を受けてサンドラは、ほんの少し頬を緩めた。

「モノグ」

「なんだ?」

「もう一つ、ある。スノウのこと」

「もう一つ?」

こくり、とサンドラが頷く。なぜかその表情はほんの少しだけ、緊張しているように映った。

「スノウ、モノグのことすごく見てる」

「え？」

それは意外な言葉だった。だって彼女とは今日一度も目が合っていないのに。

「気のせいじゃないか？」

「ううん、普段よりずっと、見てる」

俺の感覚とは裏腹に、サンドラは確信を得ているようにはっきりと言う。

「サンドラがそう感じただけだけど」

「……いや、ありがとう。助かる」

正直、寝耳に水というやつだ。しかし、無視もできない。

サンドラがそう感じたのなら全く気のせいの筈も無い。俺は彼女のそういう感覚を信頼しているからな。

「モノグー、サンドラー！」

不意に、レインが俺達に声を掛けてくる。先に進もうという合図だろう。

その傍にはスノウとサニィもいる。しかし、相変わらずスノウは俺の方を見ようともしない。

「行こう、サンドラ」

「サンドラ、役に立った？」

「ああ、凄く助かった」

「じゃあ、貸しね」

ぎゅっと俺の手を握る力を強めて、サンドラが俺を見上げてくる。

「今度付き合って」

「……え？」

「サンドラの訓練。もっとモノグに合わせられるようになりたいから」

「あ、ああ、訓練ね……」

一瞬愛の告白でもされたのかと思ってしまった。いやそんな筈がないと理性は理解しているのだけれど。なんたって、彼女もレインに気があるんだし。

「モノグ、行こ？」

「ああ」

サンドラに手を引っ張られ、レイン達を追うように付いていく。

一瞬、スノウの方から視線を感じたが、俺が彼女の方を見る時にはもう逸らされてしまっていて、その真偽はまたもや闇の中に消え去ってしまうのだった。

◇　◇　◇

ダンジョン内をサンドラに手を引かれて歩きながら、それでも俺はボーっとスノウの背中を眺めていた。

スノウという少女は出会った時から俺にとってある意味特別な存在だった。

気が強くて、ちょっと口が悪くて、何かあるとすぐ怒って……我儘(わがまま)な嫌な奴。第一印象は正直あまり良くなかった。しかし、そんな上辺だけの評価はすぐ覆されて……今では互いに心を許せる仲間になれたと思う。

けれど今のスノウとはまるで最初出会ったばかりの時のように、分厚い壁に隔たれてしまったように感じる。

「え？」

「はい、交替」

不意に飛び込んできた、サンドラではない別の誰かが空いている手を握ってきた感触に、俺は思考を目の前に戻した。

「サニィ？　どういうこと？」

サンドラが首を傾げる。その言葉には抗議をするような響きが混じっていた。

「サンドラちゃんは前に回って。モノグ君は私が守るから」

ニコニコと笑みを浮かべつつ、サニィが指示を出す。

なるほど、ここで俺のお守は交替。サンドラは解放されるという訳だ。

これでようやく彼女も前線で大暴れできるというもの。やはり、前に出て暴れてこそのアタッカーだからな。

「やだ」

「え」

「モノグはサンドラが守る」

何かの使命感に駆られたのだろうか、サンドラがあからさまに拒否しながら俺の腕に抱き着いてくる。それはか弱い存在を守る騎士というよりは、人形を取られそうになって駄々を捏ねる子どものように映った。

ただ、サニィはそんな反応も予測していたらしく、一切怯むことはない。

「サンドラちゃん、ここから先は道が入り組んでいるでしょう？　そんな中でモノグ君を守る為にサンドラちゃんが大剣を振るえば、モノグ君が巻き添えになっちゃう可能性が高いわ」

「む、むむ……」

「だから適材適所。ね？」

「……分かった。ごめんね、モノグ。最後まで守れなくて」

「あ、ええと……いや、そんなことはない。凄く頼もしかったし、楽しかったよ」

「そう？　……なら、よかった」

サンドラは少し頬を緩ませて、今度は未練を見せずにそそくさと去っていった。

その背中はそこはかとなく浮かれているように見える。何が彼女をそうさせるのか分からないけれど。

「ふふっ、現金ねぇ」

同じことを思っていたのか、サンドラを見送ってそんなことを呟くサニィ。彼女の声にはほんのりと共感するような色が混じっている。どうやらサニィにはサンドラの感情が読み取れているらしい。

「さぁ、モノグ君もお仕事お仕事！」

「お、おう」

まるで犬をリードに繋いで散歩させるように、俺と手を繋いでゆっくりマイペースに護衛してくれていたサンドラとは違い、サニィはパンパンと手を叩き、働くよう言ってくる。まるで馬の手綱を握り尻にムチを打ち込むみたいに……は言い過ぎか。

おかげさまで素材回収という雑用の本分は存分に果たせたのだけれど、とにかく忙しいのなんの。度々魔物も襲い掛かってくるが、俺の身体スレスレに飛んでくる矢が撃退してくれる。サニィの射撃は文字通りの百発百中。針の穴に糸を通すような完璧なコントロールは万が一にも俺に当たることは無い……のだが、それが分かっていても、風圧が肌を撫でる距離で飛んでくる矢にはちびっとばかりの恐怖を感じずにはいられない。

〝馬車馬の如く〟なんて言葉があるが、本物の馬も矢が飛び交う狭い通路の中で魔物の死体からの素材回収なんてやらされはしないだろう。

ただ、余計なことを考えている余裕を奪われたおかげで、今の俺の仕事に没頭できた。当然、サニィもそれを意図して、あえてプレッシャーを与えてきたのだろう。彼女の名誉の為に言っておくと、サニィは普段べらぼうに優しい。気遣いができるからこそ、今は馬を鞭打つ調教師になっているが。

まぁ、母親というものは時に優しく、時に厳しいものだという。パーティーの母的存在といえば大げさかもしれないが、そういう人心コントロールに長けているのは、きっと幼馴染としてレインやスノウの相手をずっとしてきたことが関係しているのだろう。

◇　◇　◇

「カンパーイ！　くぅー！　仕事の後のお酒は染みるわね！」

「はは……そうっすね……いや、本当に、染みる……」

ちびちびと、よく冷えたエールを喉に流し込みながら、俺はつい苦笑を浮かべてしまう。

何度見たって、かざせば顔が丸まる隠れてしまうような樽ジョッキを煽るサニィの姿には慣れそうにない。この姿を見せられては説得力が無いが、サニィは何も酒に溺れるタイプというわけではなく、酒はあくまで嗜む程度に留めているらしい。今も俺が飲んだら一発で沈みそうな量をゴクゴクと飲んでいるけれど。

ダンジョンでの素材集めが終わった後、俺はそのままの流れでサニィに拉致られ、馴染みの酒場に連れてこられていた。

他のパーティーメンバーには2人で用事があるからと一言だけ置いて、そしてすっかり体力の切れた無抵抗な俺を引っ張っていくサニィの狡猾さは中々のものだ。褒めている。一応。

「で、サニィ。俺をわざわざ拉致ってきた理由はなんだよ」

「拉致なんて人聞き悪いわねぇ。ほら、飲んで飲んで。私の奢りだから」

「奢りか否かは拉致かどうかにはこれっぽっちも関係ないから」

と言いつつ、浮かせていた尻を椅子の上に戻す俺。拉致には関係無いが、奢りということなら、話は変わってくる。お兄さん、今日は沢山飲んじゃうぞぉ！　ほら、奢りってだけで、エールもさっきまでの500倍美味く感じてくる気がするし！

「モノグ君をこの席に誘ったのはね、ズバリ……スノウちゃんのことよ」

「えっ」

「喧嘩でもしたのかしら。まさか気付かないとでも思ってた？」

サニィは呆れたように苦笑する。

まぁでも、虚を衝かれはしたが、サニィなら不思議な話でもないか。彼女は年長者として、ストームブレイカーの面々をしっかり見なくちゃいけないという思いもあるだろうし、実際にそうしている。当然、俺のことも含めてだ。

「まぁ、モノグ君は分かりやすいから」

「……なんでお前らはそう寄ってたかって俺を虐めようとするんだ」

「虐めているつもりなんてないわよ？　それに、今回はスノウちゃんも分かりやすかったから。いつも以上にモノグ君のことを意識して……」

「だってお前で3人目だぜ。人の顔に出たもん勝手に読みやがって……って、いつも以上に？」

「そんなこと言ったかしら？」

「いや、言っただろ」

しれっと顔を逸らすサニィ。あれ、空耳か？　確かにスノウが普段から俺のことをある程度は意識しているとも取れなくない発言だ。鵜呑みにするには少しばかり現実味が無さすぎる。

実際アルコールを入れて、さすがのサニィも僅かばかりは酔っているだろう。そんな時に出てくる発言の一部を切り取り、そこに正確さを求めるのは生産性に欠ける。

「ま、それはいいや。……なぁ、サニィ」

「なぁに？」

「お前は知ってるのか。スノウがいったい何に悩んでいるのか」

「そうね……候補は幾つか。でも本人に聞いたわけじゃないから」

サニィはじっと俺を見つめながら、微笑む。

「きっとモノグ君もそうよね。でも、きっと……キミの方がスノウちゃんの悩みに気付けるんじゃないかしら」

「………」

サニィの言葉に俺は黙る。

きっとこれも彼女の狙いなんだろうけれど、散々考える暇もなく働かされたおかげで、今は随分と冷静になれて、頭もしっかり回っている。

サニィも少しばかりは魔術の世界に触れている人間だ。スノウの悩みの原因が魔術師としてのものだということに勘づいてもまったくおかしいわけではない。

「なぁ、サニィ」

「うん」

俺は、考えを纏めながら口を開く。

サニィはテーブルに頬杖をつきながら、優しく見守るように微笑んでいた。

喋りながら考えを纏めればいい。自分もそれに付き合うから――そう、目で語ってくれている。

さすが年長者。彼女のような気概を果たして俺は一生掛けても持てるかどうか。パーティーを支えるサポーターの立場でそんなことを思ってしまうのは、ちょっと情けないかもしれないけれど。

ただ、無いものねだりをしても仕方ない。今日は素直にありがたく、甘えさせてもらおう。

……甘えるなんていうと、何かと語弊がありそうだが。サニィは妙に色っぽいし、俺も彼女がレインに気があると知っていなければ〝そういう気分〟になっていた可能性はゼロではない。

妙な煩悩が湧き上がってきたが、俺はサニィに今考えていることをぶつけた。あくまで俺の感じたことでしかないから本気にせず、また誰にも言わないでほしいと念押ししつつ。

サニィは相槌を打ちつつ、度々感じたことを言ってくれる。それも踏まえて――俺は一つの仮説を導き出した。

それは魔術師なら誰もが一度は通る道だ。俺も、そしてスノウも初めてではないかもしれない。故に分かりやすくもあり、そして根深くもある。時間が解決してくれる場合もあるが、彼女の場合、性格的にも焦って直情的な行動に出ることも予想される。

何度も繰り返すが、これはあくまで仮説だ。ただ、全く的外れとは思えず、なんとも苦い気持ちになるのであった。

支援術師と攻撃術師

次の日の朝、俺は早くに目を覚ました。

それこそ窓の外が薄っすらと明るくなってきている程度の夜明け間際に。当然レインも静かな寝息を立てている。

今日のストームブレイカーの予定は終日オフだ。

ダンジョンには行かず、それぞれが思い思いの時間を過ごすための休日だ。

買い物に行ったり、美味しいものを食べたり、だらだら寝たり——ダンジョンでは命を張っている分そういう休息もしっかり挟んでいかないとどうしても精神的に疲弊してしまうからな。こういう思い思いに使える自由な時間を適度に設けるのも、効率的にダンジョン攻略を進めていく上では重要なのだ。

俺も普段の休日は早起きをする必要もないので、大体昼くらいまで寝ていて、その後レインに誘われて飯屋巡りをしたり買い物したりというのが多い。

途中で他の面々が合流することもしばしばだけれど、本当なら俺抜きで楽しみたいと思っているだろう。その点、この鈍感バカは気が付かないのだろうか。ダンジョンの中ではサンドラに負けず劣らずの直感の持ち主なのに、なんとも不思議である。

そんな鈍感レインくんを余所に、俺は着々と外に出る準備を進める。

彼を起こさないように、そーっと、そーっと……

「よし」

〝念には念を〟の精神で、二度三度と不備がないかを確かめた俺は、ふとレインの毛布がはだけていたことに気が付いた。

「ったく、だらしがないな。うちのリーダー様は」

もう明け方だし、余計かもしれないが、万一にも風邪を引かないよう毛布を掛けなおしてやる。

――彼はスノウのことに気が付いているのだろうか。気が付いた上で、同じ魔術師である俺にしか解決できないと泳がしてくれているのだろうか。

ふとそんな思考が脳裏に浮かぶ。

リーダーとして、いや、幼馴染としてスノウと過ごした時間は彼の方が圧倒的に長い。僅かな感情の機微にも聡いはず……いや、そんなの今考えても意味のないことだ。

この邪推は全てが解決した後で――そうだな、酒の席のつまみにでも取っておこう。

「それじゃあ、行ってくる」

俺はそんな囁きを残し、部屋を後にする。ほんの僅かに空気を揺らした程度の声量ではあったが、それは違和感として伝わったのか、レインは寝返りで答えるのだった。

◇　◇　◇

初めてスノウに出会った時のことは今でも鮮明に思い出せる。

それこそある意味、同時に出会ったレイン、サニィよりもはっきりとだ。

レイン、サニィも、当然スノウも、容姿的に目立つ存在で、まぁそんな連中が固まっていれば嫌でも目を引くわけだが、俺が強く興味を抱いたのはスノウのその性格だった。

世間じゃ俗に〝ツンデレ〟なんて称される、我儘で、強気で、たまにちょっと優しい女の子。

そんな衝動のままに生きるという言葉が似合う彼女の姿は、あまりに魔術師らしくなかった。

——魔術師は常に冷静であれ。

魔術師であれば必ず一度は耳にするであろうその言葉は当然、誤りではない。

精神状態を強く反映する魔術の行使において、感情の揺らぎはそのまま魔術の揺らぎだ。安定した魔術の発動をするには、常に冷静でなければならない……というのは単なる標語を通り越し、常識として認知されている。それこそ、この言葉を外れること自体が揺らぎを生み出すほどに。

しかし、スノウは冷静とはまるで真逆だった。そうだな、良い言い方を選ぶのであれば、情熱的だろうか。

特別感情表現が豊かな、実に人間らしい魅力を持った女性——しかしそれは、魔術師という枠に入れてしまえば正道から外れた存在になってしまう。

そんな彼女がどんな魔術を使うのか、俺は同じ魔術師だからこそ純粋に興味を持った。出会ったばかりの時は殆ど他人だ。それこそ彼女が魔術師として未熟ならそれでも良かった。その場限りのパーティーになる可能性だって十分にあったわけだけだし。

けれど、俺は彼女のように、性格こそ全然違うが、実に感情的に、楽しそうに魔術を行使する人を知っていた。

だから、気になった。

スノウも、あの人と同じ人種なのではないだろうか、と。およそ常人の尺度では測れない、それこそ常識なんていうつまらない壁を易々と乗り越える……いいや、乗り越えたことにさえ気が付かない、そんな〝天才〟と呼ばれる存在なのではないか、と。

『アンタ、変なやつね。普通の魔術師なら、もっと落ち着けとか文句を言ってくるのに。まっ、アタシはそんなアンタらのルール知ったこっちゃないけどね』

俺がスノウの性格を指摘しないことが気になったのか、先に話を振ってきたのはスノウの方だった。〝アンタら〟と、それこそ頭ごなしに俺を一般的な魔術師と一緒くたにしてくるところは実に彼女らしい。

『俺は普通の魔術師じゃないからな。〝そいつら〟の言っていることなんか、知ったこっちゃあない』

　ああ、そうだ……俺はそんな彼女に、「興味がある」とか「期待している」なんて伝えるのが妙に気恥ずかしくて、そして喧嘩上等とも言いたげな棘のある言葉に少しばかし……ほんのちょびーっとだけイラっとして、そんな台詞を吐いたんだった。思い出すだけで恥ずかしくなってくる。

『……アンタ、変なヤツね』

　スノウが返してきたのは最初の言葉とまるっきり同じものだった。

　しかし、込められた意味は少し違う。語気は少し丸くなり、警戒心も僅かに和らいでいた。同じ〝変な魔術師〟として、親近感が湧いたのかもしれない……いや、当時の彼女に自分が変という自覚があったかは不明だが。

　彼女は呆れたように深く溜息を吐くと、次の瞬間、実に自信満々な笑顔を向けてきた。

『いいわ。見せてあげる。この天才攻撃術師、スノウ様の華麗な氷の魔術をねっ！』

　アメとムチというか、正しくツンからのデレ。落差のありすぎる感情の変化に、俺は呆気にとられた。いや、見惚れたと言ってもいいだろう。

　可憐な笑顔から溢れ出す女性的な魅力もそうだが、何よりも〝普通の魔術師〟であれば自らを潰してしまいかねない、不安定の一番の要因になるであろう圧倒的な自信に、俺は呆気にとられ――

　そして同時に、少し懐かしい気分になっていた。

　その時点で俺は確信していた。彼女は口先だけじゃない。本物だと。

彼女は、俺が手に入れられなかったものを持っている。それを持ち続けたまま、ここまで来たのだ。それが無性に眩しくて……羨ましくて……。

俺はかつて諦めた憧れを彼女に抱いていた。同じ魔術師として……いや、かつて攻撃術師になることを目指していた者として。

「……モノグ？」

ふと驚いたような声が俺の耳を撫でる。追想による、俺の頭の中か響いてくるものではない。本物だ。

「よう、スノウ」

地平線の向こうから顔を出し始めた朝日がその端正な顔立ちを照らす。銀色の髪が光を弾き、キラキラと輝く。なんとも美しいオーラのある少女だが、その表情はかつて見たものより遥かに――暗い。

俺がここにいるなどとは夢にも思わなかったのだろう。スノウは真ん丸に目を見開いて、俺を見つめたまま間抜けに固まっていた。

「…………どうして、ここにいるの」

長い硬直の後、ようやく口を開いたスノウはそんなストレートな質問をぶつけてくる。

そりゃあ驚くだろう。同室のサニィ、サンドラにも気付かれないよう、こんな朝早くから誰にも告げずにやってきただろうに。

この、〝ダンジョンの入り口〟まで。

「どこかに無謀な自殺志願者がいるって聞いてさ」

「あ、アタシは自殺志願者なんかじゃないっ！」

「でもやってることは同じだ。たった一人でダンジョンに入ろうなんてな」

うぐっ、と言葉を詰まらすスノウ。

ダンジョンは眠気覚ましの散歩に使えるほど穏やかな場所じゃない。そんなことスノウだって当然理解している。彼女も実際に痛い目をみたことは一度や二度ではない。

「……うるさい」

ばつが悪そうにスノウは目を逸らす。

自分の行動が危険だということくらい分かっている。それでも止まれない。だからここまで来てしまった。

そんな思いが彼女の表情から痛いほど伝わってくる。ああ、顔に書いてあるというのはこういうことなのか。これは本当に分かりやすい。レイン達に文句は言えないな。

「アンタにはアタシの気持ちなんて分からない……！」

スノウは溢れ出す感情を抑えるように、ベルトに差したワンドを強く握りしめて言った。

「アンタになんか、絶対……！」

「分かるさ。じゃなかったら、ここにはいない」

「っ……！」

そう肩を竦(すく)め笑う俺に、スノウは息を呑み、呆気にとられたような表情を浮かべる。

目に薄っすらと涙を滲ませながら。

「本当は止めるべきなんだろうけど……それであっさり納得するような奴じゃないからな、お前は」

「モノグ、アンタ……」

「まぁ、見逃してやってもいい。ただし当然、条件がある」

「条件……？」

「俺も連れてけ」

最初から彼女を止めるつもりはない。そもそも止めようと思って止まるほど簡単な性格をしていれば１人でダンジョンに行くなんて行動には出はしないだろう。

止められないのなら、付き合うしかない。１人よりも２人の方が生存率は遥かに増す。俺はそのためにここに来たのだ。

「それ、見逃してるっていうわけ？」

「ああ。俺の中ではな」

「……分かったわよ」

渋々といった様子で大きく溜息を吐きながら、スノウは確かに首を縦に振った。

そしてすぐにそっぽを向いてしまったが、俺にはちゃんと彼女が少しばかし嬉しそうに口角を上げていることに気が付いていた。

「ん」

そしてスノウは背負っていたリュックを、顔を逸らしたまま後ろ手で押し付けてきた。ダンジョン攻略の際にあると便利なアイテムや食料品などが入れられたものだ。

同行するのならポケットで預かれということだろう。別に文句は無いが、ちゃっかりしているというかなんというか。

「はぁ……なんでよりにもよってアンタに……そりゃあ気付くとしたらアンタだろうけどさ……」

「ん？」

「何でもないっ！　さっさと行くわよ！」

スノウは相変わらずツンツンしつつ先導する。

こういうところは実に彼女らしくて、内心ほっとする俺。妙にしおらしくされても困っちゃうし、俺にはこんなスノウが合っているのかもしれない。

しかし、ここから先はダンジョン。それも昨日とは違い、いるのは俺とスノウの2人だけだ。

それを再認識し、改めて気を引き締めつつ、俺は彼女の後を追うのだった。

　スノウが選んだのは第10層だった。

　現在俺達が攻略済みなのは第18層まで。ダンジョンはより深い層に進むごとに出てくる魔物も強くなり、構造も複雑になっていくが、そういう点から見ても第10層はストームブレイカーにとっては随分と易しいものとなる。ちなみに昨日ストームブレイカー全員で潜ったのは第12層なので、それに比べても難易度は低くなる。

　もちろん、だからといって油断して良い理由にはならない。

　なんたってこの層にも確かに魔物は巣食っているのだ。入り込んできた冒険者たちを何人も殺し、その血を吸って生きてきた化け物どもが。

「スノウ、あんまりガンガン進まないでくれよ。離れたら危険だ」

「分かってるわよ」

「主に俺がな。スノウに置いてかれたら俺は為すすべなく魔物達の餌に……ああ、なんて恐ろしい！　食われたら化けて出てやるからな!?」

「分かってるわよ！　そんな言うなら付いてこなけりゃ良かったじゃない!?」

　呆れたように怒鳴るスノウ。普段通りに見えるが、声は僅かに震え、硬い。明らかに緊張している。

「なぁ、スノウ。どうしてこの層を選んだんだ？」

「……アンタ、初めてこの層に来た時のことを覚えてる？」

「ん……まぁ」

覚えているといえば覚えている。それほど遠い昔でもない。

しかし、覚えているといっても思い出的なことだ。細かい情報の一つ一つを明確に記憶している
わけじゃないし。

第10層……ここで起きた一番の出来事と言うと……あっ。

「そういえば、サンドラがストームブレイカーに加わったのもこの層を攻略している時からだった
な」

今ではすっかりパーティーの一員として定着した彼女だが、思えば第10層で俺達が〝ある壁〟に
ぶつかったのがきっかけだった。

……って、もしかしてスノウのやつ。

「まさかお前、『メイジタートル』を狩ろうってんじゃないだろうな」

「そうよ」

ノータイムで返事しつつ、スノウはやはり硬い面持ちで頷いた。

対し俺は……思わず足を止め、その場で固まってしまう。

「おい、冗談だろ？」

「こんな大して面白くもない冗談を言うためにダンジョンに来るほど間抜けじゃないわ」

「お前……あの時散々懲りただろ……」

魔物、モンスターとも呼ばれるそれは大きく3つに分類される。

1つ目は各階層の最奥、次の階層へ進むためのワープポイントを守護するボスモンスター、2つ目は迷宮部分に出現するちょっと強い魔物、通称中ボス。

そして、3つ目はその他大勢の雑魚モンスター。ダンジョン内にうようよ存在する有象無象である。

基本的に俺達は、無限に湧いて出てくる雑魚たちを相手にしながらダンジョン攻略を進めていくことになる。

メイジタートルは亀の姿をした魔物だ。体長は1メートル程度。鈍重で、殆どその場から動くことは無い。

あの亀には随分と辛酸を嘗めさせられたものだ。

メイジタートルの一番の特徴はその硬さにある。岩石のように硬い甲羅はレインの双剣、サニィの矢のような一撃一撃が軽く、手数や精密性を売りとする攻撃を簡単に弾き返してしまう。

この層に辿り着くまで、そんな〝物理攻撃に対する耐性の高い魔物〟に対して俺達は、スノウの攻撃魔術を軸にすることで対処してきた。物理攻撃に極端に強い魔物は攻撃魔術に弱いというのがある種、冒険者界隈での常識だったからだ。

しかしメイジタートルに関しては物理耐性はそのままに、攻撃魔術に対する耐性も高い。

おそらく亀型の魔物ながら魔術を扱うため、自身にも耐性が備わったのだろう。その場にとどまりつつ、中・遠距離から魔術を飛ばしてくるという、固定砲台なんて呼ばれるスタイルで攻撃を仕掛けてくる。実に合理的で、鬱陶しい。


そして何よりも厄介なのは、メイジタートルが雑魚モンスターに分類される魔物であり、道中にウジャウジャ大量に湧いて出てくるということだ。

もしもコイツが数の限られたボス、中ボスであれば、俺の支援魔術アキュムレートからのバーストでHPを削り無理やり倒すなんて選択も取れるだろう。

しかし、それが数体、いや十数体と纏めて出てきてしまえば悠長に1体1体相手にしているわけにもいかない。アキュムレートには同時に複数体を対象にはできないという致命的な欠点があるからだ。


レインの剣も、サニィの弓も、そしてスノウの魔術も効かない雑魚モンスター――初めて出くわした時は中々に絶望したものだ。乗り越えるには4人だけでは駄目だと、どうしようもない現実を突きつけられた。

だからこそ、新たに加わったサンドラが、その硬い甲羅を大剣でバリバリと容易く破っていく姿にはまた別の意味で戦慄を覚えたものだが……。

そこまで思い出し、改めてスノウを見る。彼女はこちらを振り向いていて、俺が何を言いたいのか理解しているように仏頂面をしていた。

「ちゃんと思い出したみたいね。分かってたわよ、今頑張って色々思い出していたのは」

「あ、いや、ええと……でも、なんでいきなり――」

「いきなりなんかじゃない。アタシはずっとあの時のことを忘れられなかった。嬉しいことがあっても、チラチラチラチラ頭の中に浮かんでくるのよ。あの時から、ずっと……！」

「スノウ……」

「ここを、第10層を通り過ぎてからもずっと、アタシの意識の一部はきっとここに置いてかれたままだった。あの時の弱い、パーティーの役に立てなかった自分が……！」

そんなスノウの吐露(とろ)は、一切の疑念も抱かせない。彼女がどれだけそれに強い想いを抱いているのか痛いほど伝わってくる。

「アタシは自分がレインやサニィみたいに器用な人間じゃないってことをよく分かってる。別にサンドラが嫌いなわけじゃない。むしろ素直ないい子だって思っているし、大切な仲間……でも、それとは別に、あの時負けたまま、おめおめと逃げ出すしかなかった自分に腹が立つのよ……！」

「だから、リベンジしたいってことか。でもどうして今――」

「だから言ってるでしょ！　アタシはずっと……ずっと……!!」

俺を睨みつけるその目に、薄っすらと涙が浮かんだ。

「悔しかった……どんなに頑張っても、どんなに新しい魔術を覚えても、不意にあの日負けた自分が言うのよ……『あの雑魚モンスターにも勝てなかったくせに』って！　このままじゃアタシ、いつか歩けなくなっちゃう……気がついたらみんな、ずっと先に行っちゃってて、私だけ置いていかれて……そんな嫌な予感ばかりが浮かぶようになって……」

次々と漏れ出てくるスノウの本音。

それを俺は黙って聞いていた。……いや、黙っていることしかできなかった。

俺は、彼女のことを理解しているようで全然理解できていなかったと思い知らされてしまったからだ。

「アンタにだけは、知られたくなかったのに……！」

「……え？」

「アンタには……モノグにだけは、アタシは優秀な魔術師って……頼りになる仲間だって思っていて欲しかったのに……！　だから、頑張ってきた……頑張ってこられたのに……!!」

ここはダンジョンの中。人間を喰らい殺そうと牙を光らす魔物達の巣窟。

今はまだ現れていないが、いつ現れ襲い掛かってくるかもわからない危険な場所だ。

そんな中で、スノウは無防備に涙を流し続けている。

――危険だ。

――泣いている場合じゃない。

正論が頭の中で騒ぐ。

しかし、その言葉は喉奥から先に出て来てはくれない。俺はただ茫然と彼女を見つめている他なかった。

動けなかった。彼女の涙から目を逸らせない。どうすればいいのか、今すべきことが何なのか……思考がぐるぐると渦巻いて纏まらない。


けれど一つ、分かった。分かってしまった。

一切の容赦も無く、突き付けられその事実は……俺だ。


俺が……彼女を追い詰めていたのだ。誰よりも、レインよりも。

俺の身勝手な期待が、憧れが……今、スノウに涙を流させているんだ。

もしも俺が彼女と同じ立場であれば、俺もまた彼女にだけは知られたくなかったと思っただろう。


魔術は術者の精神を映し出す。

魔術の弱さ・未熟さは、即ち術者の弱さ・未熟さだ。魔術の揺らぎや乱れは、自分で自分を律せていない証拠なのだ。

そんな醜い魔術を、自分自身を晒したくない。その相手が志を同じくする仲間で、しかも魔術に精通した存在であれば余計にだ。

(頼りになる仲間だって思っていて欲しかった、か……)

俺は一度たりとも彼女を頼りにならないなんて思ったことはない。それこそ、この第10層でメイジタートルに阻まれたあの時だって、彼女が弱いだなんてこれっぽっちも思わなった。

スノウは天才だ。俺が心から尊敬する魔術師だ。

彼女は第10層を超えた後も、それを気付かせない程のパフォーマンスを見せてきた。きっと痛みを抱えながらも、それを強い精神力で抑えてきたのだろう。

俺達の期待に応えるために。同じ魔術師である俺に〝弱さ〟を晒さないために。

しかし、昨日の朝、俺は彼女がロッドに羨望の眼差しを向けている場面に出くわしてしまった。珍しくとも大したことではないと思い、不用意に声を掛けてしまった。

魔術師にとっての武器選びは半分おまじないのようなものだ。しかし、そのおまじないでさえも、魔術師の精神を研ぎ澄ますきっかけになるのであれば馬鹿にすることはできない。

ワンドは短く小回りが利く。例えるなら短剣だろう。

対し、ロッドは剣。ワンドよりも長く、小回りは効かないが手にしっかりと伝わる重みは安定感を生み、より強力な魔術を放つ手助けをする。

それらはあくまで気持ちの問題。良い武器を手に持てばそれだけで強くなったように思える。商人が高価で有名な服やアクセサリーを身に付けることで自分の価値、品格を高めるように。

俺はその場で気が付くべきだったのだ。スノウがロッドに憧れていることは、即ち彼女が今の、、、、、、、自分を信頼できていないのだと。

強くなりたいという思いを抱いているということは、今の自分を弱いと認めている証拠とも言える。それは彼女の魔術を濁らす揺らぎだ。

俺はどこかで、彼女は心配する必要なんて無いと思っていた。

優秀だ、天才だ――そんな憧れが、彼女を見る目を曇らせていた。

そして俺が向けたこの期待が、アタッカーとしての信頼が彼女をじわじわと追い詰めてしまっていた。

俺が、ダンジョンに彼女が来ると思い至ったのは、サンドラやサニィと話すことでようやく、彼女がより強い力を求めているのだと分かったからだ。しかし、それはあくまで武者修行のためという認識でしかない。第10層のメイジタートルに受けた屈辱が、今も彼女を苦しめていたなんて思ってもいなかった。

なんて間抜けなんだ、俺は。

スノウを最も追い詰めていたのは俺だった。俺はサポーターなのに、アタッカーの邪魔をしていた。無意識だろうがなんだろうが、それは紛れもない事実であり、決して消えはしない。

「スノウ……俺……」

「謝らないで……！」

思わず口をついて出そうになった謝罪は、それを先読みした彼女の声に遮られる。

「アンタからの期待があったから、アタシはここまで来られたのよ……。それを否定されたら、アタシは……！」

胸が強く締め付けられるほどに悲痛な叫びを上げながら、悲痛な感情を溢れさせながら、スノウは立ち上がる。

今、スノウの精神状態は先ほどよりも明らかに悪化してしまっている。魔術の特性を考えれば今戦闘になればその結果も目に見えている。

——それならば引くべきだ。

俺の中の理性がそう訴えかけてくる。

敵は魔術に耐性のあるメイジタートルだ。かつて越えられなかった壁だ。

確実でない戦いを挑んで、もしも敗れれば相手は慈悲など持たない魔物だ。俺も、スノウも、ここで命を無駄に散らすことになる。

それならばここは無理にでも彼女を連れ戻した方が——

「……いや」

それでいったい何になる。何が残る。

俺達は冒険者だ。常に危険に飛び込み、命を懸け続けてここまでやってきた。

ここで逃げれば、俺達はそんな冒険者としての生き方を失ってしまう。それに、魔術師としての誇りも。

きっとそれは冒険者としての死も意味する。ついこの間まで冒険者として自死しようとしていた俺のことはともかく、彼女は、スノウという冒険者は決して失っちゃいけない。

「モノグ……？」

スノウが不安げに俺を見上げてくる。その目には怖れ——きっと俺に拒絶、否定されることへの恐怖が滲んでいる。

そう、俺から言って彼女についてきたんだ。それは彼女の邪魔をするためじゃない。彼女を支え、前に進めるために。

「不安そうな顔しやがって」

「きゃっ!?」

俺は笑顔を作り、スノウの頭を力強く撫でる。ヒールで底上げされていることもあり、自然にそうできる身長差があるわけでもないが、それでも、あえてそうした。

「な、なにすんのよ……!?」

スノウはキッと俺を睨みながらも、しかし俺の手を払ってくることはしない。

普段の彼女なら反射的に振り払ってきただろう。まぁ、普段はなんて言えるほど試行回数を重ねてきたわけではないけれど。

でも、実際のスノウは撫でられるがままだ。羞恥心からか顔は赤くしているものの、抵抗する様子は一切ない。

借りてきた猫のようにおとなしい、というやつだろうか。普段からこんななら、いくらでも撫でつけてやりたいところだが。

「スノウ、ちょっとは落ち着いたか」

「モノグ……」

「ったく、お前も分からない奴だな。今さら第10層の雑魚なんかにビビってよ。気が強いのか、弱いのか、分からなくなるぜ」

「う……」

軽い挑発を吹っ掛けてみたが、スノウは少し唸るだけで、何も言い返してはこない。

むしろ、俺の肩に顔を押し付けるように寄り掛かってきたままである。

うーん、正直予想外の展開。レインが見たらなんて言うだろうか。

「アタシ……強くなんかないわよ」

「え？」

「いつだって、怖くて、怖くて……だから、弱い自分を隠すために必死に強い自分を取り繕ってる。本当に強い人っていうのは、アンタみたいなののことを言うんだわ」

「お、俺？　おいおい、俺は強いなんて言葉からは最も遠い男だぞ」

冒険者という枠組みにおいてサポーターは最弱の存在だ。皮肉にしては……いや、今のスノウが皮肉を言えるほど元気にも思えないが。

「アンタはどんなにツラい時も、怖い時も、みんなを笑顔で纏めてくれる。アタシ達の背中を押してくれる。アンタは戦えないから弱いっていうけれど、だからこそ、アンタは強くて……アタシは、そんなアンタにいつも憧れてて……」

　ぎゅっと、俺の背に手を回してくるスノウ。いつも強気で、ワガママで、パーティーを引っ張ってくれていると思っていた彼女の紛れもない本心を受けて、俺は嬉しかった。きっとこの告白は信頼の証だから。

　そして余計に思う。

　もっと、彼女の、スノウの力になってやりたいって。

「本当にバカだな、お前は」

「な、なによ……」

「お前は俺のことを凄いって言ってくれるけど、俺だってお前のことは凄いって思ってんだぜ。それこそ、俺が知ってる中じゃきっと最高って言ってもいいくらいの魔術師だってさ」

「え……？」

「確かにあの日、俺達はこの層の雑魚相手に自信を打ち砕かれた。でも、俺達だっていつまでも同じってわけじゃない。今のお前がいつも通りの力を発揮できさえすれば、絶対に勝てる」

スノウが驚いたように目を見開き、俺の目を見つめてくる。

「俺が見ておいてやるよ。お前がまた一個壁を乗り越えるところをさ。そんで、美味いものでも食おうぜ」

「……ふふっ、なにそれ」

変なことを言ったつもりは無かったのだけど、スノウは吹き出すように笑った。

どこか硬い笑顔は、彼女の本心はともかく、彼女が俺の言葉になんとか乗っかろうと頑張っているように感じさせた。

だから俺も笑う。間違っても先ほど頭を過った不安を彼女に悟らせるものか。

「美味しいものを食べよう、なんて言うからには、モノグ、アンタが奢ってくれるんでしょうね？」

「うぐっ」

奢り。そのワードに思わず一瞬怯んでしまう。

俺の財布事情は決して豊かではない。それこそ誰かに分け与えられるほどは……い、いや！

確かにスノウが言った通り、言い出しっぺは俺だ。ここは、男らしく、おご、おご……

「…………も、もちろん」

「うわっ、嫌そー」

「い、いやっ！　嫌だってわけじゃないっ！　ただ、その、値段によると言いますか……」

「情けないわねー。そこは『なんでも奢ってやる！』くらい言ってくれないと成立しないでしょ」

呆れたようにそう言いつつ、スノウはカラカラと笑い声をあげた。

「す、すまん」

「まぁでも、そうね。アタシもまだ壁を乗り越えていない段階であれこれと言うのは変な話だし。でも、覚悟しなさいよ、モノグ。アタシは過去のトラウマを乗り越えてみせる。それこそ、アンタが嫌でも奢りたくなるくらいにねっ」

俺から一歩離れ、鼻先に人差し指を突き付けながら、スノウはいつも通りの、いや、いつもより朗らかな笑顔を浮かべた。

どうやら俺の男らしくない姿は彼女を平常に戻すほどだったらしい。喜んでいいのか、情けないと落ち込むべきなのか。

どちらにしろ、俺が飯を奢るのは確定しそうだ。

なんたって、こうなったスノウはいい意味でレアだ。

目の前にニンジンをぶら下げられた馬の如く……なんて表現は彼女に失礼ではあるが、今のスノウは決して第10層の雑魚モンスター如きに止められはしないだろう。

魔術師は常に冷静であれ

——魔術師は常に冷静であれ。

何度も何度も耳にしてきた魔術師界の〝常識〟……アタシはこの言葉が嫌いだ。

何故(なぜ)ならアタシは冷静になって自分を見つめられるほど、自分が好きじゃないから。

我儘(わがまま)で、居丈高(いたけだか)な態度ばかりとって……可愛げなんかまるでない。

そして、そんな自分の更に奥には……いつでも立ち止まって蹲(うずくま)ってしまう気弱な自分が隠れている。

だからそんな自分を隠すために、そして自分を肯定するために、いつも勢い任せに、衝動のままに魔術を振るってきた。

魔術は術者の心を色濃く反映させる。アタシが自信満々で放てばそれだけ魔術も大胆になるし、心を揺らせばその分濁ってしまう。

だから、アタシは自分の魔術を見ていれば、アタシが今、〝正しい自分〟でいられていると実感できた。

それでも第10層での敗走以降、アタシはずっと心の中にその濁りを抱えていて……いつ自分の魔術が濁るか、そしてその濁りをいつみんなに知られてしまうか、気が気でなかった。


アタシにとってモノグは魔術師の完成形だ。

アイツの使う魔術はアイツに出会うまで、ううん、出会ってからもずっと、誰よりも綺麗でカッコよかった。ほんの少しでも乱れれば成立しない、丁寧で、精密に編み込まれたその魔術を一目見た瞬間からアタシは彼の虜にされていたんだと思う。

それにモノグ自身も、普段からおちゃらけた感じというか、だらしないというか……まぁ、色々隙だらけなヤツなんだけど、だからするするってアタシ達の心に入り込んでくるというか……でもいざという時は皆を鼓舞して引っ張ってくれて、誰よりも頼りになる。

きっとあれこそが、『魔術師は常に冷静であれ』という言葉を体現した姿なのだろう。

そんなモノグに、アタシだけじゃなく、故郷じゃどんなに男連中に粉掛けられても一切相手にしてなかったレインとサニィ、それに他人にあまり興味無さそうなサンドラまで、みんなアイツの一挙手一投足で心を乱してる。

アタシはそんなモノグと対等でありたかった。

異性として好きだからってだけじゃない、同じ魔術師として、横に並び立ちたかった。

だからあの日、初めて第10層に攻略に来て、メイジタートルを倒せず後退せざるをえなかったあの瞬間のことがずっと忘れられなかった。

——このままじゃ勝てない。レイン、撤退しよう。

そう冷静に、誰よりも早く提言したのはモノグだった。

アイツはアタシの魔術が一切通用しないのを見て、アタシでは敵わないと判断したんだ。

その選択を誰も、アタシも責めはしなかった。できるはずがなかった。誰から見ても、モノグの判断は正しかったから。

けれど、納得できても消えることはない。悔しさも、絶望感も。

見限られてしまったんじゃないかと思う度に苦しくなった。大好きだったモノグのあの真剣な瞳が、アタシという魔術師を見限ってしまうんじゃないかって。

モノグは優しい。けれど、アタシとモノグを繋ぎとめているものがその優しさだけならば……これほどツラいことはない。

もっとモノグの役に立ちたい。彼に認められたい。必要とされたい。

彼に選ばれるのを待つんじゃない……嫌でも選ばせるくらいの、そんな魔術師になりたい。

「だから……アンタらは邪魔なのよ……！」

第10層迷宮区。迷路状に伸びた道のその角から奴らは現れた。

ゴツゴツとした甲羅を背負い、鈍重に歩く亀。生半可な攻撃は物理だろうが魔術だろうが跳ね返してしまう。

今視界に入っているのは3、4……どんどん増えていく。

「スノウ」

不意に隣に立っていたモノグが鋭い目をメイジタートル達に向けながらアタシの名前を呼んでくる。

そして、その目を優しく緩めながら、アタシを見た。

「俺達は運がいいな」

「え？」

「だって、一度は敵わないと思った敵にリベンジできるんだぜ？」

「ふふっ、そうね」

彼の言葉がなんだかおかしくって、アタシは敵を前にしているのに気が付けば笑みを浮かべていた。

「まっ、あの中にはアタシ達が苦戦した個体はいないだろうけど」

「どいつが相手だって同じさ。なぁに敵さんだってそう思ってるだろうよ。俺達は所詮、人間っていう餌だってな」

「それじゃあアタシ達の方が酷いんじゃない？　だってただの八つ当たりで殺そうっていうんだも

の」

アタシは手に持ったワンドを軽く振るい、構える。

「ねぇ、モノグ」

「ん」

「ちゃんと支えてね？」

「当然っ」

彼がそう笑うのと、メイジタートルの一団が魔力弾を放ってきたのは同時だった。

アタシとは違い、モノグは杖も何も持たない素手を宙に振るった。

「**シールドッ！**」

直後、アタシ達とメイジタートルを遮るように薄い魔力の膜が張られる。

その膜は魔力弾を、アタシ達の斜め後ろへと受け流した。

ドカンと爆発する音が響く中、アタシはその素晴らしい魔術につい惚れ惚れしてしまう。

彼の使った支援魔術シールドは決して強力な魔術じゃない。

魔力で張った防御膜は脆く、あの弾一発であっさりと砕けてしまう程度の強度しかない。

だからモノグは正面からぶつけず、あくまで魔力弾を受け流すよう斜めに置き、膜への衝撃を抑えた上で攻撃を無力化してみせた。

それに加えて、膜を湾曲させ、時間差で放たれた魔力弾全てが同時に着弾するようにしている。

攻撃が放たれた瞬間の咄嗟の判断でそこまでの精度で魔術を展開する……なんて神業だろう。

「本当に天才ねっ、アンタは！」

「どの口が言うっ！」

天才はお前だ。そう言わんばかりのモノグからのエール。

これ以上にアタシを勇気づけてくれるものはない。

アタシが誰よりも優れた魔術師だと思う彼が、アタシをそう認めてくれているのだから……無様な姿は見せられない。見せるわけがないッ!!

「さぁ、今度はこっちの番よっ！　**アイス・キャノン！**」

ワンドを振るい、魔力で生み出した氷の砲弾を放つ。

咄嗟にメイジタートルは頭と足を甲羅の中に隠す。

まったく、なんとも腹の立つ危機回避能力だ。アレのせいで柔らかそうな頭を狙っても逃げられてしまうのだから。

「でも、アタシだって半年前のアタシじゃない……！」

氷の砲丸にはあの硬い甲羅を力ずくで打ち砕くイメージを存分に込めた。

あの時の、成すすべなく震えていたアタシとは違う。

魔術師としては欠陥と言われても、モノグの信じてくれるストームブレイカーの魔術師として過去のトラウマを乗り越える！

「そこを、どけぇぇぇえッ！！！」

氷の砲弾はメイジタートルの甲羅にぶつかり、弾ける。強い衝撃とともに氷の砲弾が弾け——強い衝撃がアタシ達のところまで届いた。

「すっげぇ……！」

モノグが声を震わせた。

その目を子どもみたいにキラキラ輝かせながら。

ああ、にやけるな。うかれるな。そんな気持ち、魔術に乗せてしまったら、きっとモノグには一発でバレちゃうから。


見る人から見れば、これはただの弱い者いじめに映るかもしれない。

第18層を攻略したアタシが、第10層の雑魚モンスター相手に全力の魔術を放つなんて。

その雑魚を倒して大喜びするなんて。

けれどアタシはそれでもいい。ただ1人、隣にいてくれる彼が、アタシと同じ気持ちを共有してくれているから。


氷の砲弾が弾け、氷の粉塵が散り、そしてそれが晴れた後には、何も残ってはいなかった。直撃を受けたメイジタートルは消滅し、他の個体もその衝撃に飲まれ吹っ飛ばされていたから。

「やったな、スノウっ！」

興奮したようにモノグが声を震わせる。

当然よ、と普段のアタシならすまし顔で返しただろう。

けれど、今は、そんな風に取り繕うことなんてとてもできなくて、

「うんっ!!」

アタシは素で思いっきり笑顔を浮かべながら、彼とハイタッチを交わした。

◇　◇　

「さぁ！　ガンガン行くわよっ!!」

スノウはそう興奮したように言って歩き出す。気がはやるのか殆ど早歩きだ。

最早彼女に緊張は無く、不意に現れるメイジタートルにも、それ以外の雑魚にも冷静に、そして確実に対処していく。もう何十四、いや、途中で数えるのが億劫になったので分からないが、もしかしたら百を超える数は倒したかもしれない。

そんな彼女に半ば呆れながら、俺は一歩後ろをついていっていた。

もう彼女がこの第10層に未練を抱くことはないだろう。彼女が本来のポテンシャルを発揮すれば

倒せない敵じゃないんだ。

けれど、この光景が当然というわけでもない。

階層を進むごとに、段階的に強くなる魔物と違い、俺達は常に変わらず同じ人間だ。

走る速さも、跳ぶ高さも、物を持ち上げる腕力も、飛躍的に向上したりはしない。

経験によって磨かれるのは対応力や技のキレ、そして心——冒険者の力の差を分かつ〝センス〟だ。

どれだけ経験を自分の力とするかは個人差があるだろう。全く歯が立たなかった敵を、たった半年で蹂躙(じゅうりん)するに至る……これもスノウの冒険者、魔術師としての資質なのだろう。

「ちょっとモノグ。ボーっとしないっ！　ちゃんと気を張っててくれないと。いつ敵が現れるか分からないんだから！」

ボーっとスノウを眺めつつ物思いにふけっていると、そう怒られてしまう。

といってもなぁ……。正直、俺の助けなんか必要ないだろう。今のスノウは敵が現れた瞬間には溶かしてしまうのだから。俺の防御魔術シールドも最初の一回切り、すっかり出番なしである。

攻撃は最大の防御というが、正にそれを体現している形だろう。

「調子いいのは実によろしいことですけどね、スノウさん」

「あによ」

「お前どこ向かってるんだよ。入口からはどんどん離れていってるぞ」

「もちろん一番奥！」

「あのなぁ……このままボスまで倒そうってのか？」

「え？」

スノウが足を止め振り返ってくる。その目を真ん丸に見開きながら。どうやら何も考えていなかったらしい。

そりゃあ半年間も溜めたフラストレーションだ。そう簡単に発散しきれるものでもないだろうけれど、猪突猛進にもほどがある。

「ワープポイントがあるのは入口と、ボス部屋の先の部屋だけだ」

「わ、分かってるわよ」

さすがに恨みもないボスに手を出すなんて気はないらしい。

2人で戦うとなればどうしても慣れない立ち回りを余儀なくされる。今のスノウがいれば負けることはないだろうが、何かしら被害が出ないとも限らない。

冒険者とはいえ、何の理も無い無用な危険を冒すのはただの馬鹿だ。

「ほら、帰りの分の魔力が残っている内に帰るぞ」

「別にまだまだ有り余ってるわよ」

「ったく、あんだけ無駄に飛ばして、馬鹿みたいに大技撃ちまくってたらそんなのすぐに底をつくだろうが。お前が倒れたら誰が魔物を倒すってんだよ。俺なんか簡単に死ぬぞ。あっさり死ぬぞ!?」

「アンタ、なんでそんなこと自信満々に言えるのよ……!?」

「なんでと言われても事実なのだから仕方がない。俺は第10層どころか、第1層の魔物さえ倒せない無力なサポーターだからな！」

「はぁ……」

あからさまに呆れられたが事実が伝わってくれればそれでいい。

「さぁ、帰るぞーっ」

「そうね、モノグにはこの後美味しーいっ、ご飯を奢ってもらわなきゃだし？」

「う……」

「当然、それに足る成果を出したと自負しているけれど？」

「そ、そうれすね……」

スノウは確かに過去を乗り越えてみせた。今後の彼女の飛躍にも今日の出来事は一役買ってくれることだろう。だから奢るくらいどうってことない……どうってこと……ない。

そんな俺のさもしい懐事情に頭を抱えたくなるが、ご機嫌なスノウの前では馬鹿らしく思える。

そうだ、今日は素晴らしい日なのだ。豪遊くらい許されていいかもしれない。そうだ、ある程度は俺が出すにしても、レイン達、他の連中も巻き込んでしまえば……ぐふふ。

「何よ、ニタニタ気持ち悪い笑い浮かべて」

「いいや、なんでもないなんでもない。ちょっと金の当てができたってだけ……ん？」

不意に頭を過った違和感に、俺は思わず足を止める。

「モノグ？」

「あれ……？　なんだか、変な感じがしないか」

「変な感じ……？」

スノウが首を傾げる。彼女は特に思い当たらないようだ。

俺の杞憂ならそれでもいい。

けれど、なにか……予感がする。当然、良いではなく、悪い。

「……そうだ。魔物。魔物がいない」

入り口に向かって歩き出しているというのに、魔物が一切出てこないのだ。俺達の声以外、欠片も音がしない。

「そりゃあそうよ。散々ぶっ倒してきたんだもの」

「けれど、どんなに倒しても雑魚はどこからともなく湧いて出てくる筈だ。それが奴らの何よりも厄介なところだろ」

魔物に打ち止めは無い。どういう原理で増えているかは知らないが、奴らが枯渇することはないし、強力な冒険者に恐怖して怯み逃げるということもない。

たとえスノウが圧倒的な力を見せても、絶対に現れ、俺達を食おうと立ち塞がってくるのだ。

その筈なのに。

「こんなこと初めてだ。スノウ、警戒しろ」

「え、ええ」

杞憂で済めばそれでいい。そう改めて願った、その瞬間だった。

「えっ？」

「きゃっ!?」

突然、浮遊感が俺達を襲った。

「な、何っ!?」

穴が、俺達の下にぽっかりと開いた。まるで蓋を開けたみたいに突然に、しかし最初からそこに穴が開いていたかのように綺麗に。

「きゃあああああっ!?」

俺は息を呑み、そしてスノウは悲鳴を上げ、俺達2人は為すすべなく穴に落ちていく。

何が、一体何が起きて――いや、混乱している場合じゃないっ！

「スノウっ！　落ち着け！」

「落ち着けって言ってもアンタ、こ、こんな……落ちてるのに!!」

「氷っ！　なにか氷で足場とか作れないか!?」

「そ、それを早く言いなさいっ！　バカ!!」

「言ってる場合か!?」

スノウは普段の3倍くらい早口でアイス・ピラーという魔術を発動する。

これは地面から氷の柱を生やす魔術だが、壁から柱を生やすことで枝的な足場を作るつもりだったらしい。

が――

「な、なんで!?」

「す、スノウさんっ!?」

「な、なんでか発動しないっ！　うんともすんとも言わないわよっ!?」

「何言ってんだお前！　真剣にやれっ!!」

「やってるわよっ！　てか、文句言うならアンタがなんとかしなさいよっ！　できるでしょ！　不可能なんかないでしょ、アンタ！」

「んだとうっ!?　わあったよ、やってやるよ！」

売り言葉に買い言葉で、半ばヤケクソ気味に魔術を発動――しようとしたが、なぜか魔力を練り上げられても魔術を発動できない。

スノウの言う通りだ。集中力とかの問題じゃない。何かに邪魔されているみたいな……!?

「……スノウ」

「なによっ!?」

「ごめん。俺も発動できなかった。ていうかそもそもこういう状況に適した魔術なんか持ってなかったわ」

「謝られたところでっ!!」

そうこう文句を言い合っている内にも俺達は落下し続け、地上が遠ざかっていく。

そして、一向に底が見えてこず、どんどん落ちる速度が速くなっていっている。

この状況で今俺達にできることは……!!

「……祈ろう」

「モノグっ!?」

「スノウ、お前は信じている神様はいるか。あいにく俺はいないからな。何に祈ればいいか分からないんだ」

「正気を保ちなさい！　こんな状況で助けてくれる神様なんかいるわけないでしょ!!」

どうやら神頼みさえできないらしい。

精々俺にできたのは空中でスノウを抱き寄せるくらいだ。

上手く俺の身体をクッション代わりにできれば……できるかな……？

「モノグ……モノグぅ……！」

「ちょ、スノウ、泣かないで……!?」

恐怖からか胸の中で泣き出してしまったスノウをあやしつつ、しかし俺も泣きそうになる。

落ちる。落ちる。落ちていく。

いったい何が起きているのかも分からないまま、俺達はただただ恐怖しながら抱き締め合うしかなかった。

エクストラフロア

「ん、ぐ……んん……」

目を覚ますと、俺は硬い地面に転がっていた。

どうやら、いつの間にか気を失っていたらしい。

「な、何だ……？」

俺はスノウと共に突然現れた穴に落ちて……落ちて、どうなった？

落下の最後に待ち受けている筈の衝撃が身体に訪れた感覚は無い。いや、そもそもあれだけ落下していたのであれば、どんなに綺麗に受け身を取ったとしてもペチャンコになっていただろう。

つまり――

「これは死後の世界ってやつか……？　い、いやいや」

口から出た妄言（もうげん）を自ら否定する。

死んだ後に行く別世界があるかどうかは知らないが、そんなことを想定するのは最終手段だ。

取りあえず頬を引っ張ってみる……痛い。

古典的な手段ではあるが、頬を引っ張って痛いということは夢の中にいるわけでもないらしい。

さて、どうしたものか。全身には妙な疲労感こそあるが、腕や足などが折れた感覚は無い。もげているわけでもなく、普通に動く。

「んん……っ」

「っ！　スノウ！」

スノウが小さく呻(うめ)く声が聴こえ、咄嗟に身を起こす。

が、捜すまでもなかった。スノウは俺のすぐ横に倒れていたから。

「う……モノグ……？」

「良かった。気が付いたか。怪我は……無さそうだな」

スノウは怪我どころか、服装も殆ど乱れてはいなかった。そして、改めて見てみれば俺自身も同じだ。

まるで落下したことが夢だったみたいに——いや、そんな筈はない。あの感覚は凄くリアルだったし。

「モノグ、ここは……？」

「分からない。見た感じダンジョンの中みたいだけど——ッ!?　スノウ、立てるか!?」

「え……？」

まだ状況を測りかねているスノウの手を摑み立ち上がらせる。できることなら一体俺達に何が起きたのか、状況確認に努めたいところだけれど、この場所はマズい。

円形に縁どられた巨大な広間。天井が見えないほどに高いというのは初めてだけれど、それでも、この広間の特徴は間違いなく……！

「ここって、ボス部屋……!?」

「ああ、間違いない」

そう、各階層の最後に設置されたボス部屋と同じ様相を呈している。

そしてこの広間の中央には——

「甲冑（かっちゅう）……？」

巨大な人型の鎧、甲冑が鎮座していた。

立ち上がればおそらく身長3メートルほどになると思える甲冑が、大剣を地面に突き刺しつつ膝をついている。動く気配は無いが妙な雰囲気を感じさせるアレこそ、この部屋の主だろう。

「ね、ねぇ、モノグ。もしかしてなんだけど、アタシ達——」

「なんだ。まさか、俺達死後の世界に〜なんて言い出すんじゃないだろうな？」

「は？　言うわけないでしょ。バカじゃないの」

スノウは俺に冷たく半目を向けてくる。

……どうやらスノウは俺なんかよりよっぽど冷静らしい。

「アタシも噂で聞いたくらいだけれど、この状況、エクストラフロアに飛ばされたんじゃないかしら……？」

「そうだな。こっちもこっちで、中々眉唾な話だけど」

エクストラフロア。それは第1層、第2層とナンバリングされた通常の階層とは異なる、特殊な階層を指す言葉だ。

ダンジョンはその殆どが謎に包まれた存在だ。その中でもエクストラフロアというのは特定の条件を満たした時に偶発的に行くことができるというもので、このダンジョンを残したという高度な文明を持った古代人たちの遺産が眠っているとか、なんとか。

当然俺達はこの目で見たわけじゃないし、ダンジョンでの一攫千金を夢見る誰かの作った幻想だと言われればそれまで……だったのだけれど、こうして突然連れてこられてしまえば途端に現実味を帯びてくるというものだ。

連れてこられた、というには随分と強引な形でだったけれど。おそらく穴に落とされた後、ワープポイントのものと同様に落下死しないよう転移させられたのだろう。

「あの甲冑はお宝を守る番人ってところか。見ろ、スノウ。奴の後ろに通路がある」

「あ、本当だ……」

「ここが本当にエクストラフロアだとしても、敵の強さは未知数だ。ダンジョンに眠るお宝ってのは気にはなるけれど、正面からぶつかり合うのは得策じゃない」

「それは……そうね」

意外にもスノウはあっさり俺の言葉に同意する。

てっきりトラウマを乗り越えた勢いで勝負を挑もうと言ってくるかとも思ったが……まぁ、他のメンバーがいるならともかく、俺達2人じゃ1つのミスが命取りになる。それをはっきりと理解しているのだろう。

「アレが寝ている今がチャンスだ。起こさないように回り込んで、取りあえずあの通路の先に行ってみよう。もしかしたら出口に繋がっているかもしれないし、退路が確保できれば、挑んでみるって選択肢も出てくるからな」

「うん、異存ないわ」

突然の事態であるが、お互い頭はちゃんと回っている。

俺達は円形の壁沿いにゆっくりゆっくり歩き出す。何を感知しているかは定かではないが、足音も、息も殺しながら。

そうこうして、約半周ほど進んだところで、

「モノグっ！」

「ちっ、気付かれたか！」

ギギギ、と音を立てながら甲冑が起き上がった。

というか今の今まで俺達の存在に気が付いていなかったのが不思議だったのかもしれない。それこそ、倒れている内に襲ってくることもなかったし。

（通常の魔物みたいに直情的に動いているわけじゃないってことか。それこそ、あれがこのダンジョンを作った古代人が遺した番人なら、魔物とは全く違う……）

奴に襲われる前に走って通路へ逃げるか、それとも戦うか。それは奴の動きにかかっている。もしも俺達の目指す通路の先にお宝が眠っていて、アイツがそれを守護する役目ならば、おめおめと俺達を通してくれる筈も無い。

観察するんだ……動き出し、スピードを見極める。

俺が目線で合図を送ると、スノウは神妙に頷き返し、甲冑の方へと向き直す。

アタッカー1人、サポーター1人。それもレインやサンドラのような敵の攻撃を引き付ける壁役がいない状況だ。場合によっちゃあ、スノウが攻撃魔術を放つ為の時間を、俺が前に出て稼ぐ必要も……

頭の中で起こりうる未来をできるだけ予想し、備える……が、しかし。

それは突如視界に入った存在によって、全て覆された。

「ッ!?　スノウ、伏せろ!!」

「えっ!?」

正直、反応できたのは奇跡だった。

俺は咄嗟にスノウに飛びつく。そして、それと全く同じタイミングで、

——ズゴォオオオオオンッ！！！

何かが、広間に落ちた。巨大な何かが。

「ぐうっ!?」

「きゃあああっ!?」

凄まじい衝撃波に襲われ吹っ飛ぶ。

俺の腕の中でスノウが悲鳴を上げるのを聞きながら、俺は衝撃波によって背中を広間の壁へと打ち付けられた。

「つう……っ!! く、そ……何が……!?」

背中の激痛を感じながらも、俺はスノウを抱いたままなんとか身を起こし、広場の中央へと目を向け——そして、見た。見てしまった。


それは正しく、〝悪魔〟と表現するのが相応しい存在だった。

フォルムは地上にいるゴリラに近い。黒い剛毛に全身を覆われた、目算20メートルはある巨体。

それが天井から落ちてきたのだ。

何よりも恐ろしいのは隆々と発達した巨大な腕だ。腕撃を得意とする戦士が腕を覆う巨大な手甲を付けているのを見たことがあるが、それと似てアンバランスに発達した腕部は全てを叩き潰さんという畏怖を感じさせる。

空から落ちてきたあの黒い悪魔はその勢いのままに腕を地面に叩きつけ、甲冑を粉々に叩き潰したらしい。広場の地面が深く陥没し、甲冑を形作っていた金属の断片がバラバラに辺りに散らばっていた。

「ギガァァアアアァッ!!」

ビリビリと空間全体を震わす咆哮を放つ巨大な猿。そこには一切混じりけのない殺意、破壊の衝動が滲(にじ)んでいて――

俺達に、逃げるとか、戦うとか、そういう理性を働かせる余裕は一切なかった。

ただ、運が良かったんだろう。

突然現れた悪魔が俺達をすぐに標的と定めなかったこと。

直前に死が迫ったその時、咄嗟にスノウの手を摑んで走り出せたこと。

俺達を標的に定めた悪魔が再び咆哮したことで、その衝撃が追い風になったこと。

身が竦(すく)むほどの恐怖に晒(さら)されながらも足はしっかり動いてくれたこと。

それらの様々な条件や偶然が重なり合って、俺達はなんとか、あの悪魔の腕撃を喰らう前に広場に伸びた通路へと逃げ込むことができた。

「はぁ、はぁ、はぁ……な、なによ、アレ!?」

「分からない……分からないけど、明らかにヤバい奴だってのは確かだ……!」

俺達2人は疲労困憊（ひろうこんぱい）になりながら、地面に伏していた。

心臓がバクバクと大きな音を立てている。酸欠だからってだけじゃない、あの殺気に晒された恐怖が未だに全身に纏（まと）わりついているせいだ。

「ギガァアアアアアアアアッ!!」

「う……!?」

「だ、大丈夫だ。あの巨体じゃこの通路にゃ爪先程度しか入れられないだろう」

俺は安全が確保された今もなお震える足を叩き、立ち上がる。

「スノウ、立て。今は先に進もう」

「う……うん……」

俺が差し出した手を、スノウは震えながらもしっかり掴んだ。

しかし、その目には涙が滲み、立った後も腰が抜けてしまったのか、弱々しく俺の腕にしがみついてくる。

「ご、ごめんなさい、モノグ……」

「いいや、大丈夫だ」

俺は彼女に肩を回し支えながら、ゆっくりとでも歩き出す。

何が起きたのか、きっと俺もスノウも正確に把握（はあく）できていなかった。

アレは本物の化け物だ。災害のように、俺達人間が抗（あらが）えない圧倒的な存在。暴力の化身だ。

どうしてあんなものが突然……そう吐き捨てたくなる。

ただ運が悪かったのか、それとも必然的に引き寄せられてきたのか……今の俺達には知る由もない。

ただ、一歩一歩進むことで、確実にアレから離れられている。

その事実だけが救いだった。

◇　◇　◇

「モノグっ、見てっ！　ワープポイント！」

広間から伸びた長い通路を進んだ先には、通常のボス部屋の奥にあるものと似た、ワープポイントがある小部屋があった。

ワープポイントがあれば、ここから出ることができる。スノウは嬉しそうに声を上げ、俺も安堵から溜息(ためいき)を吐(つ)いた。

「助かった……ってことか」

「うん……助かった。助かったのよ、アタシ達！」

感極まったのか、スノウが思いきり抱き着いてきた。滲んでいた涙は溢れ出し、それでも嬉しそうに、満面の笑みを浮かべている。

そんな彼女を俺も抱きしめ返した。

九死に一生を得たのだ。腕の中から伝わってくるスノウの熱が、確かに生きていると実感させてくれる。

「アレ、なんだったんだろう」

「さぁ……な。ダンジョンについてはまだ謎が深い。今俺達がいるこの場所は多分想像通りエクストラフロアって呼ばれるものだろうけど、きっとこの部屋を作ったヤツにとっても、アイツは想定外の存在だろうさ」

「あんなのが、ダンジョンにいるなんて……」

「ああ。第18層で戦ったドラゴンもイレギュラーな存在だっただろうけど、アレはそれ以上だ。もしかしたら、このエクストラフロアは俺達が知っている遥か深層に存在するのかもしれない」

元々ワープポイントという、下層と地表を一瞬で行き来させる技術がダンジョンには備わっている。第10層から繋がったこの場所も、第10層とその下の第11層の狭間にあるわけではなく、あれほどの強大な魔物が巣食うほどの地下深くに設けられているという可能性は高い。

「とにかく、今考えても仕方がない。一刻も早く地上に戻ろう」

「アイツ、追ってきたりしないかしら……」

「追ってこないと願うよ……」

あんなものが一度でも現れてしまった。それが二度と起こらないなんて、簡単に否定することはできない。

けれど、ここにいたからって何かが解決するわけでもないだろう。

俺達が第10層に繰り出した目的は果たせたのだ。スノウのトラウマは、ある意味最悪な形で上書きされてしまったかもしれないが、こうして五体満足で立てているのだから十分だ。

俺は小部屋の中央に設置された、他の階層と同じ意匠のワープポイントへと触れる。

地上に戻ったら、取りあえずギルドに報告しておこう。もしかしたら、何か情報が手に入るかもしれないし——

「……あれ？　モノグ、なにかおかしくない……？」

「あ、ああ。このワープポイント、もしかして……」

起動、していない……？

触れても一切反応を見せないそれに困惑し立ち尽くしていると、突然地面が大きく揺れた。

「ギガァアアアアアアアアッ!!」

直後、あの忌まわしき咆哮が通路の方から響いてくる。

そして、それと共に何かが砕けるような音も。

「ま、まさか……」

あの大猿は、暴力を体現する剛腕を持った悪魔は……！

「も、モノグ……！」

スノウも同じことを想像したのだろう、顔を真っ青に染めてこちらを見てくる。

あの悪魔は俺達を逃がすつもりなんか無いんだ。その拳でダンジョンの強固な壁を砕き、進んできている――そう、俺達は見たじゃないか。第18層で、あそこにいたドラゴンが、下の階層から巨大な穴を開けて昇ってきたのを。


このままじゃ、俺達は2人とも死ぬ。

明確にそれを自覚できてしまった。

「どうする……俺はどうすればいい……!!」

このまま蹂躙されるのを待つか。俺とスノウ、2人で勝利への道を模索するか。

……いや、無理だ。勝つことは不可能だ。少なくとも今の俺達には、圧倒的に力が足りない。仮にここにレインやサニィ、サンドラがいても同じだろう。

アレは格が違い過ぎる。

「どうする。考えろ。考えろ。考えろ」

ワープポイントが動いていないのは何故だ。

そういえば以前聞いたことがある。ボス部屋にボスが生存している時、ワープポイントは停止するなんて話を。

わざわざどっかのパーティーがワープポイントのある部屋でビバークして検証したとかなんとか……。

ボスを倒していない内からこの部屋への通路が開いていたというのは、通常のボス部屋とは仕様が異なる。普通、ボスを倒さないと先へは進めないからな。

けれど、それが偶々（たまたま）イレギュラーだっただけで、ワープポイントの使用は通常階層と同じだったら。

あの広間にあの悪魔がいることで、ワープポイントの機能が止められている可能性は高い。

つまり、このワープポイントを動かすにはアレを倒さなければ……いや。

「違う、ワープポイントを起動できさえすればいいんだ。そうすれば地上へは帰れるんだから」

そう、簡単だ。ワープポイントの起動自体は。

ただ一つ、あるものを捨てれば簡単に実現できる。

俺は、ワープポイントに手を付いたまま深く呼吸を繰り返した。

覚悟を決めろ。最善で、確実な方法だろうが。

「モノグ……どうしたの……？」

「スノウ、帰れる方法が見つかった」

「え？」

スノウが呆然と目を見開く。そんな彼女に笑いかけ、俺は部屋の隅へと目を向けた。

そこには見慣れない台座のようなものがあって、その上に小さな箱が置いてある。

「これって……？」

「おそらくこのエクストラフロアの、古代人が遺したお宝だ」

箱を手に取り、開くと、そこには一つだけ、小さな指輪が収まっていた。

「これで、ワープポイントを起動できるの？」

「いや……コイツはワープポイントの起動には関係無いだろうな」

「どういうこと？」

「普通、ボス部屋ってボスを倒すまでワープポイントのある部屋には行けないだろ？　でも、俺達がボス部屋にいた時、あの部屋の主だっただろう甲冑が健在だったのに通路は開いていた」

「そう、ね」

「きっと、これが正式な攻略ルートだったんだ。あの甲冑の攻撃を逃れ、この部屋へと逃げてくる。そしてここで指輪を手に入れる。そして指輪の力を使って甲冑を倒し、ワープポイントを起動させる……ってな」

その甲冑が粉々に砕かれた今となっては確かめる術は無いが。

ただ、通路が開いていた説明はつくだろう。

「こいつはただのお土産(みやげ)だよ。怖い思いして、何も手に入れられなかったって言うんじゃ情けないからな。ほら、持ってろ」

「えっ？」

俺がその指輪を放ると、スノウは反射的に両手でキャッチする。

偶然か、スノウという名前に良く似合う雪の結晶のような指輪だ。こんな状況でなくても彼女が持つに相応しいだろう。

「ワープポイントが起動していない原因は、まだボス部屋にボスが健在だからだ。どういうわけか、その部屋本来の主でなくても、それと同等かそれ以上の力を持った魔物がいれば、ボスに成り代わるってのは第18層で戦ったドラゴンも証明しているからな」

あの時、本来第18層のボス部屋を牛耳っていた魔物はドラゴンに殺されていた筈だ。跡形も姿が無かったからな。

けれど、ボス部屋の向こう側への道は閉ざされたままで、ドラゴンを倒すことにより開かれた。

それと同じように、今もあの悪魔がワープポイントの起動を妨げているのだろう。

「それってつまり……アタシ達はあの大猿を倒さなくちゃ帰れないってこと!?」

「普通、だったらな」

絶望に顔を染め上げるスノウに対し、俺は笑みを浮かべる。

「お前の前にいるのはストームブレイカーの天才支援術師だぜ？　俺なら、ワープポイントを起動できる……と思う。実際に試したことは無いが」

以前、『ワープポイントって便利だよなぁ』『これを介さずに転移できたら便利だよなぁ』なんて思って、ワープポイントを調べ、解析してみたことがある。

残念ながらどこでもお手軽にワープできるなんて画期的な魔術を生み出すことは敵わなかったが、その代わり、ワープポイントの構造はそれなりに理解できた。

「俺だったらワープポイントを起動できる。さっきまではあの大猿にビビってど忘れしちまってたけどさ」

あはははは、と笑い声を上げる俺。そんな俺にスノウは呆気にとられたように、ぽかーんと口を開けて固まっていたが、すぐに我を取り戻すと、怒ったように眉を吊り上げた。

「どうしてそんな大事なこと笑ってすませられるのよ!?」

「なぁに、音の感じからあの大猿が俺達のところに辿り着くまでまだ猶予はありそうだし、セーフセーフ」

「アンタねぇ……!?」

「そう怒るなよ。ああ、そうだ。実はこの支援魔術を使うには、ちょっとばかし厄介な条件があってさ、少しポケットの容量を空けなきゃならんのよ」

俺はそう言いつつ、ポケットから来る前に預かっていたスノウのリュックサックを取り出す。

そしてそこに色々なものを詰めていく。俺が管理していたストームブレイカーの共有資金、俺の小遣いが詰まった財布、そのほか貴重品の数々を。

ちょっと悪いが、代わりに食料品など代替がきくものは抜かせてもらおう。

「んー、邪魔なもんをお前に背負ってもらおうと思ってな」

万が一でも表情に出ないよう、そして詰めている物を見られないよう、俺はスノウに背を向けて作業する。

もしもどちらかでも見られてしまえば、きっとスノウは察してしまう。俺がやろうとしていることを。

そして、きっと彼女はそれを止めようとするだろう。

だから細心の注意を払え。微塵も彼女に悟らせるな。

「いいだろ、荷物くらい。ていうかコレ、元々お前のなわけだし」

「ねぇ、モノグ、何か隠してない？」

「いいや？　こんな状況でお前を騙す余裕なんかないさ」

俺はしれっと嘘を吐きつつ、笑顔で誤魔化す。

ほんの少しでも気を緩ませれば泣いてしまいそうだったけれど、必死に、必死に抑え込む。

「ほら、スノウ。あっち向いてー」

「ちょっ、何よモノグ!?」

スノウが中身を見ないよう、無理やりリュックを背負わせる。

俺の様子に困惑しているスノウだが、しかしこれが必要なことだと言ってしまえば抵抗もできない。ちょっと卑怯な気もするけど。

「そうだ、スノウ。さっき渡した指輪も付けてやるよ」

「え……？」

「この指輪、魔術師向けのアイテムみたいだ。杖とかと同等、いやこれほどの品は正直見たことがない。うーん、全貌は今すぐには分からないけれど、ぱっと見た感じ、使用魔術の出力強化、ならびに魔術使用時の消費魔力軽減とか、魔術師に嬉しいサポート効果がわんさか積まれているみたいだ」

「へ、へぇ……こんな小さな指輪に……？　アタシは正直目利きの専門外だからよく分からないけれど」

「ああ、さすがは古代人の技術だな。詳しくは、誰か専門家に聞いてみるといい」

ダンジョン産の指輪。そこに込められたポテンシャルの全貌を見ることができないのは少しばかり惜しい気もするけれど。きっと、スノウなら十分使いこなせるだろう。

偶然か、それとも運命か。指輪にはスノウによく似合う、氷の結晶を模したデザインが施されている。

どうか、スノウを守ってやってくれよ。コイツ、たまに突っ走りすぎるところがあるからな。

「……モノグ？　どうしたの、ボーっとして」

「いや、なんでもない」

俺はスノウの右手をとって、その薬指に指輪を通す。通した指輪は付与された効果の一つで、指のサイズピッタリに縮んだ。

「く、薬指……！　み、右手だけど」

「お前の利き手は右だし、薬指は一番魔力の通りがいいってされているからな。ま、覚えておいて損は無いぞ」

思った通り、指輪は彼女の手にしっかりと馴染んでくれた。

「これでオッケー。後はワープポイントを起動させるだけだな」

俺はスノウの手を引いて、ワープポイントの前へと向かう。

そして、彼女の右手をワープポイントに触れさせ、その上に俺の左手を重ねるようにして横に並び立つ。

「さぁ、行くぞ」

「……ねぇ、モノグ」

「ん？」

「アンタ、何する気」

スノウは怯えたように目を見開いて俺の方を見てきていた。

「何って、言っただろ？　ワープポイントを起動して地上に帰る――」

「だったらなんで、わざわざ指輪をつけたりしたの……？　なんで、指輪のことは他の誰かに聞けって言ったの？」

　ああ、彼女はもう気が付いている。

　ほんの少しばかり欲を出し過ぎたか。少しでも何か残せたら……そんな気持ちが隙を生んでしまった。

　けれど、もう、俺は覚悟を決めたんだ。

「モノグ……アンタが、アンタが教えてくれればいいじゃない!?　今はあの大猿が迫ってきていて余裕が無いかもしれないけれど――」

「アームデビル」

「……え？」

「腕が酷く発達した悪魔みたいなやつだからな。そう、名付けた」

　スノウが逃げないように、手にしっかりと力を籠める。

　そして笑いかけようとして……できなかった。自分でもはっきり分かる。

　なんとか口の端を上げるのが精一杯で、とても、笑うことなんかできない。

「なぁ、スノウ。お前は全く敵わなかったメイジタートルを、たった半年で圧倒して見せたよな。きっとあの日、あの時、お前はそんな自分の姿を想像もできなかったはずだ」

「放して……」

「今だってそうだ。今は敵わないと思う相手でも、きっとお前なら乗り越えるさ。それだけの仲間がお前にはついてる」

「お願い、モノグ……ッ！　手を放してっ！」

「俺にとってもこれは一生に一度のお願いだ、スノウ」

ボロボロと涙を流しながら、スノウが必死に俺の左手を剝がそうとする。

けれど、それは敵わない。

元々男と女だ、筋力に差がある。それに、俺はこの手を放しちゃいけないって分かっているから。

「仕方が無いんだ。ワープポイントが起動していないのは、ボスの存在がワープポイントへの魔力供給を断ち切ってしまっているから……だから、魔力代わりに魔力を流してやれば、ワープポイントは問題無く起動する。でも、起動し、実際に転移させるには俺は魔力を流し続けなくちゃいけないからな……俺は転移できない。ここに、残らなくちゃいけないんだ」

「嘘……嫌よ、モノグ……やめてよ……」

「俺が望むのはただ一つだけだ。ストームブレイカーをダンジョンの最奥へ……どうか、連れていってくれ。ついでに、どこかで俺の敵討ちも頼む。ああ、それと……って結構多くなっちまったな。まぁ、レイン達によろしく伝えておいてくれ」

自分でも驚くくらい、すんなりと、落ち着いて言えた。

今度はちゃんと笑顔を浮かべられているとハッキリ分かる。

ああ、生きていて良かった。

俺はストームブレイカーという希望の光に出会えた。

その光はこうして地下深くに1人残されても消えることは無い。

だから、恐怖も無い。これから何が起ころうと、俺は幸せだったと胸を張って言えるだろう。

少女達の決意

——どうして、アンタは杖を使わないのよ。

そう、アレは出会って間もない頃。

アタシは初めて彼の魔術を見た時からずっと思っていた疑問をぶつけずにはいられなかった。

魔術師の殆どが、魔術の発動には杖を始めとする魔道具を使うのに対し、モノグはその手に何も持たず、素手で魔術を行使していたからだ。

当然、魔術師が杖を使用するのは色々と理由があるのだけれど、何よりも素手で魔術を操ることは非常に難しい。

杖には魔術を使用しやすくなる素材や、細工がされていることが多く、また、『誰しも魔術師は杖を使っている』という固定観念が安定感を生んでくれる。みんなそうなのだから、正しいのだと安心させてくれる。

けれど、素手で魔術を発動している魔術師なんて本当に稀有で、少なくともアタシはモノグ以外にそんな人は見たことがなかった。

手は〝触れる事〟が前提の部位だ。

けれど魔力や発動前の魔術には当然触れることはできない。実体なんか無いからだ。

触れられないものに触れ、さらに操るなんて、どうしたらできるようになるのか皆目見当もつかない。

それこそ、赤ん坊からやり直して、〝触る〟という概念を一から塗り替えでもしないと無理なんじゃないだろうかとアタシは思っていた。

そんな普通とは違う方法で何故、あれほど完璧な魔術を操れるのか。アタシはそれが無性に気になった。

それこそ、まだ出会ったばかりでまともに信頼関係も気付けていない段階で、つい踏み込んでしまうくらいに。


モノグはアタシの質問に、一瞬きょとんと眼を丸くした。

まさかアタシがそんなことを聞いてくるなんて思わなかったのだろう。

アタシは魔術師だし、そうでなくともモノグ相手にも一切遠慮せず、時にはつい傲慢な態度を取ってしまうこともあった。決して好感を持たれるような人間じゃないって自分でも思う。

けれど、モノグは特に嫌がる様子は見せなかった。むしろ、少しばかり嬉しそうに見えたくらいで――

『そうだな……まぁ、癖って言っちまうと身も蓋も無いけれどさ』

彼は何かを懐かしむように、自分の手の平を見て微笑むと、アタシの両手を、自分の両手で握ってきた。

その手はすごく温かかった。思わず、瞼の奥が無意識にじんわりと熱を持ってしまうくらいに。

『俺は支援術師だ』

『知ってるわよ』

アタシはちょっとムっとしつつ食い気味に返す。

だって、その響きは子供に言い聞かせるような優しさを感じさせたから。

確かにアタシはモノグの一つ年下だけれど、それだけで子供扱いされるなんて納得がいくわけない。

けれど、モノグはアタシのそんな態度にも機嫌を損ねることなく、優しい笑みを浮かべていた。

『スノウの魔術は攻撃魔術。攻撃魔術が向くのは敵だ』

『そうね』

『そこに込められる思いは……なんだろう。もっと強くとか、もっと速くとか？　もしかしたら、もっと痛くなんてものかもしれないな』

『むぅ……』

なんだか怖い、嫌な言い方だと、その時のアタシは思った。

けれど間違ってはいない。アタシの魔術は命を奪う力を持っている。魔物相手はもちろん――やろうと思えば人にも向けれてしまう。

『そういうトゲトゲしたもんを扱うなら、俺も杖を使ったと思う。けれど、俺の支援魔術が向かうのは殆どが仲間――お前らだ』

ぎゅっと、握る力が強まる。けれど痛くはない。むしろ、手のひらも甲も包まれて、温かくて心地好さが広がっていく感じがした。

『俺の役目はお前らを支えること。なるたけ優しく、それでいて確実にお前らの背中を押してやることだ。苦しい時には背中をさすってやるみたいに、寂しい時は手を繋いでやるみたいに……そんな俺が、この手に武器なんて持ってたら、ちょっと無粋だろ？』

モノグはおどけるように笑い、握った手を離してそのままアタシの頭に置いた。そして、子どもをあやすようにこれまた優しく、丁寧に撫でてくる。

『人に触れるなら手で直接がいい。丁寧に、丁寧に。ほーら、よしよしってな』

『ちょっ……!?　子ども扱いしないでよっ！　アンタとアタシ、1個しか違わないのよっ!?』

『あっはっは！　悪い悪い！』

アタシが怒ったのが面白かったのか、大きな声で笑うモノグ。

そんな彼に余計に怒りを募らせながらも……それでも頭に乗った彼の手はやっぱり温かいと感じていた。凄く心地が良い。ずっとされていたい、なんてちょっとだけ、ほんのちょっぴりだけだけど、思ってしまう。

これは魔術なのだろうか。それとも、彼の持つ〝真心〟というものなのだろうか。

残念ながらその時のアタシには分からなかった。それが分かるほど、アタシはモノグのことをまだ全然知らなかった。

『ちょとからかいが過ぎたかな……ああ、でもスノウ。1つだけ覚えておいてくれ』

『……あによ』

『本当に大切なことはどうやるかじゃない。どうしたいかだ』

『え？』

『剣は敵を切るためにある。杖は魔術を安定させるためにある。そしてこの手は……』

モノグはアタシの右手をとって、自分の右手の指を絡めてくる。指と指の間にモノグの指が入ってきて……温かいというより、なんだか無性に熱く感じた。心臓がとくとくと音を立てる。

『こうやって繋ぐためにある』

『繋ぐ、ため……』

『なんて、殆ど師匠の受け売りだけどな。まぁ、俺の支援魔術はそういうものなんだ。杖越しじゃ果たせない、この手で扱うからこそ意味があるんだ』

自分から繋いだくせに、モノグはこれまた自分から手を離してしまう。なぜか、妙に寂しく感じた。もっと彼と手を繋いでいたいなんて、本当に子供みたいなことが一瞬頭をよぎってしまい、アタシは咄嗟にそれを振り払う。

『スノウ。いつか、お前が本気で守りたい……繋がりたいって思った相手がいたらさ、その時は杖じゃなくて、手を差し出してやれ』

『……アタシ、攻撃術師よ？　アンタの支援魔術と違って――』

『関係無いさ』

モノグは笑う。

アタシを誰かと重ね合わせるように優しく……それでいて妙に熱い視線を無遠慮にぶつけてきながら。

『大事なのはいつだってお前自身がどうしたいかだ。攻撃魔術だろうが、支援魔術だろうが……魔術は、俺達魔術師にとって心そのものなんだから』

心臓がどくんと大きく跳ねた。

アタシが初めてその高鳴りを自覚した瞬間だった。

そうだ、あの時からアタシはモノグのことを魔術師としてだけじゃなく、一人の男性として――

「……ノウ……スノウッ!!」

「ッ!!」

名を呼ばれ、急激に意識が覚醒する。

目を空けるとそこには――

「レイン……? サニィ、サンドラも……どうして、アンタたちがここに……?」

「どうしてって、いきなりいなくなったから心配で捜しにきたんじゃないか」

レインはホッとしたように微笑む。きっと本心だろう。彼女は普段飄々(ひょうひょう)としているけれど、締める時は締めるタイプで……それが少し、アイツに似ていて……ッ!

「……痛い」

「スノウ、なにやってるの」

頰を思いきり抓(つね)るアタシを見て、サンドラが首を傾(かし)げた。

ああ、これは夢じゃない。今目の前にいるこの3人も本物なんだろう。

「ここは、どこ……?」

「どこって、ダンジョンの入口よ? 町中捜して、それでも見つからなくて……もしかしたらダンジョンにいるんじゃないかって思って来たら、ちょうどワープポイントからスノウちゃんが出てきて……」

丁寧にサニィが状況を教えてくれた。

そうか、ここは地上。アタシは地上に帰ってきた……。

「スノウ、何かあったのかい？　君だけじゃなくモノグも朝からいないんだ。もしかしたら2人一緒にいるんじゃないかって思ったんだけど……」

モノグ。

その名前に、心臓がドクンと跳ねた。

そうだ、モノグ。アイツはまだ、あの場所に……！

「う……うぅ……」

「す、スノウ!?」

気が付けば、アタシはまた涙を溢れさせてしまっていた。

最後の最後、ギリギリまでモノグの意図に気が付かないで、1人おめおめと帰ってきてしまった。

何よりも悔しいのは、そんなモノグの選択を、アタシは真っ向から否定できないことだ。

あの場にアタシが残っても、彼と共にあの大猿——アームデビルに殺されるのを待つしかなかった。そんな状況でアタシだけを逃がしたモノグの決断は、きっと客観的に見れば正しいものだったんだろう。

けれど、アタシはそれでも彼と一緒にいたかった。

彼1人をあそこに置き去りにして、それで生き延びれたのが幸運だなんて微塵も思えなかった。

そもそもの原因はアタシが1人自棄（やけ）になって、第10層へ行こうとしたからいけなかったんだ。モノグはそんなアタシを止めようとしてくれたのに、アタシは我儘（わがまま）を貫いて――その結果がこれだ。


モノグはいつかあのアームデビルにアタシが勝てるって言ってくれたけれど……きっとそんな未来はやってこない。

もう、立ち上がることなんかできない。

だってどんなに頑張っても、どんなに強くなっても、モノグはいないから。

アイツのいない世界のことなんか考えたくもなかった。

「スノウ、教えてくれ。何があったんだ」

人目もはばからず泣き続けるアタシに、レインは真剣な面持ちで問いかけてくる。

そうだ、彼女たちには知る権利がある。

きっとアタシを責めるだろう。呪うだろう。けれど、それは当然のことだ。

アタシは取り返しのつかないことをした。どれだけ謝っても絶対に許してはもらえない……いや、アタシ自身が許せない。


アタシは全て、包み隠さずに伝えた。

アタシが抱えていたトラウマ。それを払拭するために第10層に向かったこと。それを悟ったモノグが同行を申し出てくれたこと。

第10層でエクストラフロアと思われる場所に引き寄せられたこと。そこで、黒い悪魔のような大猿、アームデビルに襲われたこと。

モノグ1人を置いて、アタシだけがおめおめ逃げ帰ってきたこと。


全然うまく整理できていなかったけれど、レイン達は口を挟むことなく真剣に聞いてくれた。

驚き、悲しみ、怒り――様々な感情が3人から溢れ出てくるのを感じる。

特にレインとサニィとは物心がついた時から一緒に居るから、ハッキリと分かった。

きっともう、今までのように一緒に居られはしないけれど――

「そうか、モノグは今もダンジョンで1人……それじゃあ、助けに行かないとね」

「……え？」

「そうね。彼、結構寂しがり屋だから、放ってはおけないわ」

「うん」

どこか明るいレインの言葉。そしてそれに追従するサニィとサンドラ。

彼女たちが何を言っているのか、アタシは一瞬理解できなかった。

「あ、アンタ達、本当に話聞いてたの!?　モノグはもう……」

「まだ分からないよ。少なくともスノウが転移するまでは無事だったんでしょ？　ボクらがスノウを見つけたのはちょうどワープポイントから出てくるところだったたし、時間もそれほど経っちゃいない」

「そうかもしれないけれど……！」

「それに納得なんかできないよ。碌(ろく)に言葉も交わせず、何もできないままお別れなんて」

その声には確かな怒りが滲んでいた。

アタシではなく、モノグに向けられた怒りが。

「スノウだってそうだろ。こんな結果、誰も納得なんかできない。たとえ、ボクらが束になっても倒せないほど強大な敵がモノグに迫っていたとしても……たとえ死ぬことになったとしても」

レインは、決してアームデビルの力を侮っているわけじゃない。

アタシの言葉を冷静に分析し、全員の力を合わせても敵(かな)わないかもしれないと認識したうえで、それでもモノグを助けに行くと口にしたのだ。

「スノウちゃんも納得していないんでしょう？」

「サニィ……」

「私達は冒険者だもの。いつ、突然、死が降りかかってきてもいいように覚悟は常にしているわ。でも、だからこそ、生き方も、死に方も、自分自身で決めたいの」

「スノウだってそうでしょ」

「……うん」

そんなの、当たり前だ。

最初から、今に至るまでずっと、アタシは納得なんかしちゃいない。

アタシの生き方はアタシが決める。

誰と、どうやって生きるか。どう、この命を使うか。

たとえ合理的でなくても、破滅的な考えでも。


それだけは曲げちゃいけないんだ。


「レイン、サニィ、サンドラ」

アタシは改めて3人の名前を呼ぶ。

自然と拳に力が入る。緊張しているのを感じながら、それでも――

「きっと、いくら謝っても許されないことをアタシはした。その責めは、罰は必ず受けるわ。けれど……お願い、力を貸して。アイツを、モノグを助けるために」

たとえ、この選択が間違いでも。

ここにいる全員の命をただ無残に、無駄に散らすだけになったとしても。

モノグを助けたい、彼と生きたいという気持ちにだけは嘘をつけない。

そしてこの想いはアタシだけのものじゃない。ここにいる全員に共通したものだ。

だってアタシ達はみんな我儘で、自分勝手で、欲深なのだから。

「もちろんだよ、スノウ」

「ええ、言われなくてもそのつもり」

「モノグのためならなんでもする」

そしてアタシ達は……ストームブレイカーは動き出した。

過去に囚われるのではない。未来に想いを託すでもない。

どんなに愚かであったとしても、今を生きるために。

常に幸福の中にある

――いいか、モノグ。如何(いか)なる時にも、常に幸福の中にあると考えろ。

かつて、俺に支援魔術のノウハウを叩きこんだ師匠はそんな言葉を俺に伝えた。

師匠は俺に支援術師としての生き方を教えてくれた人だ。

妙齢の美女だが年齢は不詳。男性らしい格好を好み、男性らしい喋り方をする……ちょっと変わった人だった。

親を知らず、一緒に育った仲間たちと離別し、生きているのか死んでいるのか分からない日々を過ごす俺を甲斐甲斐しく世話し、新しい人生を与えてくれた。

俺はそんな彼女が鬱陶(うっとう)しくて、面倒臭くて……でも、尊敬し、大好きだった。

彼女に出会うまでの日々。彼女に出会ってからの日々。そして――彼女がいなくなってからの日々。

多くのことがあった。多くの人と出会い、別れ、多くを学び、経験した。

それこそ良いこともあれば、つらいことも沢山あった。どちらかと言えば、つらいと思う経験の方が多いだろう。

そして、今も――きっと、他人から見れば俺は不幸なのだろう。

まぁ、あながち否定はできない。なんたって俺はもうすぐ死ぬのだから。


エクストラフロアに突然現れた黒い大猿、アームデビル――アレは本物の化け物だ。

理や利に縛られない圧倒的な暴力を持った理不尽な存在。

アレを殺すには、アレ以上の暴力で正面から叩き潰すほか無い。


最早俺に抵抗の意志なんてものは残っちゃいない。

死ぬのは怖いけれど、今更ああだこうだ言っても仕方がない。

「まぁ、しかし……スノウのやつ、怒ってるだろうな」

機能を失ったワープポイントに背を預けながら、俺は力なく笑う。

騙(だま)すような形で1人地上へと送り返してしまったが、それ以外にできることは無かった。

死ぬなら2人より1人なんて単純な数字の話だけでなく、きっと彼女なら、いいや、彼女達なら俺の死も前へ進むための原動力へと変えてくれるだろうから。

あれほどの化け物に殺されそうになった今、それでもいつか、仇を取ってくれると期待できることは中々悪くない。

ダンジョンの壁を削る音、そして階層全体を揺さぶる振動はどんどん大きくなってきている。差し詰め死神の足音といったところか。

なんだかじわじわと追い詰められている感じがして嫌だけど――

『モノグ……！』

「……え？」

突然、頭の中によく聞き慣れた声が響いた。

死を間近にして幻聴でも聞こえたのだろうか。

もしかしたら自覚している以上に死の恐怖に精神をやられていたのかもしれない。

「はぁ……本当に情けない奴だな、俺は。せっかくカッコつけたっていうのに……」

『モノグ！　今、声聞こえたよ！　聞こえたよね、みんなも！』

「え……？」

幻聴……じゃない……!?

俺の頭の中に、再び彼――レインの声が響く。

いや、幻聴じゃないとしたら一体どうして声が聞こえるんだ……!?

『モノグ！　だまし討ちみたいに人を転移させて……アンタ、覚悟できてるんでしょうね!?』

『覚悟はできているんでしょう。あまり褒(ほ)められたものではない覚悟は』

『うん。モノグらしいけどね』

レインに次いでスノウ、サニィ、サンドラ……ストームブレイカーのみんなの声が聞こえる。

直接頭にガンガン響いてくる。

「お前ら、どうして……いや、どうやって……？」

『どうやってかは分かんない』

「えぇ……」

『ボク達は今、ダンジョンの入口……ワープポイントの前にいるんだ』

『なんとかアンタのところに行けないかってワープポイントに触れたら、なんかガリガリって何かを削る音が聞こえてきたのよ。もしかしたら、音だけでもアンタと繋がってるんじゃないかって』

ワープポイントは既に停止させた筈なのに……いや、そもそも停止しているワープポイントを自力で起動するなんて初めてのことだ。何か無自覚の内にそういう機能を起動させていたのかもしれない。

どういうわけか、スノウを地上へと転移させたタイミングでレイン、サニィ、サンドラの３人もダンジョン前に集まっていたのだろう。なんという偶然だろう。

喜んでいいのかどうなのか……俺は最後の瞬間まで、大事な仲間たちと一緒に居られるらしい。

「こりゃあ中々、嬉しいサプライズだな」

『勝手に浸らないでくれる？』

つい零(こぼ)れた本音を、レインが冷たく一蹴する。

声色ではっきり伝わってくる——彼の強い怒りが。

『モノグ、スノウから全部聞いたよ。君がまた随分と拗(こじ)らせてるってね』

「拗らせてるって……」

『だってそうだろ。自分が全部背負って犠牲になろうなんて、普段ボクらの後ろに隠れている君から最も遠い選択だと思うけどな』

し、辛辣……！

『そうね、いつもだったら自分は戦えないからーってネガティブなことばかり言うのに』

『今もある意味ネガティブだけど』

そう軽快な会話を交わすサニィとサンドラだけど……ああ、目に浮かぶ。

底冷えするような威圧感を放つサニィの笑顔が。サンドラの冷たくジトーっとした半目が。

「こ、こんな時までそんなに責めなくても……そりゃあ、褒められた選択じゃないかもしれない。けれど、これ以外に選べる道は無かったんだ。仕方が——」

『分かってる。けれど、全部認めて、諦められるほど、ボクらは大人じゃないよ』

「っ……」

『合理的とか、当たり前とか……そういうつまらない言葉に人生を縛られて、仕方ないって誤魔化して……そうやって生きられるのなら、冒険者になんかなってない！』

「レイン……」

それは剥き出しの感情だった。

何一つ取り繕わず、一切の遠慮なく、ただ胸に渦巻く感情を一方的にぶつけてきている。

『……モノグ、もう時間が無い。だから単刀直入に言わせてもらう――』


『ボクらを、そこに呼んでくれ』


ドクン、と心臓が跳ねた。

分かっていた。きっとレインは、ストームブレイカーはそうするって。

スノウからこの状況を知らされて、たとえどれほど絶望的だと正しく理解したとしても、当然のように俺を助けようとするだろうって。

そう、分かっていたんだ。分かっていたから俺は――

「それはできない。これが最善なんだ」

俺は騙し討ちみたいにスノウだけを地上に送り返すと決めた。

そしてただ送り返すだけじゃなく——同時に睡眠を誘発させる魔術を付与して。まさか、こんなに早くレイン達が彼女を見つけるとは予想できなかったが。

『ねぇ、モノグ君。貴方（あなた）は頭が良いから、きっと分かっていた筈よね』

「…………」

『地上に送れるのはスノウちゃんだけ……確かに2人だけで勝ち目が無くても、選べた筈よね？スノウちゃんに私達を呼びに行かせて、私達5人で戦うっていう選択肢も』

ああ、その通りだ、サニィ。

当然その考えだって浮かんだ。俺1人が犠牲になるなんて選択肢よりも先に。

そして、スノウも、レイン達も決してその選択を拒絶したりはしなかっただろう。

勝てるかどうか分からない状況なんてこれまでに何度もあった。それこそ、記憶に新しい第18層のドラゴンとの戦いだってそうだ。一つでも何か間違いがあれば、俺達は敗北していたかもしれない。

ダンジョン攻略はギャンブルだ。確実なことなんて何もない。確実に勝てる状況でしか戦わないなんて、そんな甘っちょろい戯言（ざれごと）は成立しない。

けれど、それでも——

「お前たちが来ても、無様に死ぬだけだ」

俺はそう判断した。

どんなに強い想いがあっても、最善を極めた策略を編み出しても、奇跡としかいえないほどの幸運に見舞われたとしても――今のストームブレイカーでは絶対に敵わないって。

たとえ彼らが納得してくれなくても、俺は頑として拒絶せねばならない。彼らの優しさに甘えてはいけない。

あの悪魔に、暴力の体現者に、その輝かしい才能たちを奪われるわけにはいかない。

今ならその暴力が振るわれるのは俺だけで済む。多分、きっと……確実なことなんか何もないけれど。

ここでみんなを無駄死にさせるより、よっぽど賭ける価値が有る。

「これは不運な事故みたいなものだ。冒険者をしてりゃ、こういう別れはいつ来たっておかしくないって分かってただろ」

だから、納得してくれ。仕方がないと諦めてくれ。

今は、今だけは、冒険者としての矜持(きょうじ)から、仲間の絆から目を背けてくれ。

最後の最後で軽蔑されても仕方がない。そう、俺なりに覚悟を持って紡いだ言葉だった。

けれど――

『ねぇ、モノグ』

そんな俺に返ってきたレインの言葉には、納得とは程遠い、殺気ともとれる力強い圧がこもっていた。

『モノグが死んだら、ボクは自害するよ』

「…………は？」

『うん、そうしよう。もしもキミが死んだら、ボクはこの場で自分の首を切る』

「お、お前、何言ってんだよ。こんな冗談――」

『こんな状況で冗談を言えるほどボクは器用じゃないよ。モノグみたいにさ』

アハハ、と空々しい笑い声を上げるレイン。な、なるほど、確かに笑えない。

『あー、それならアタシも自害しなくちゃ。そもそもサポーターに切られたアタッカーなんて恥ずかしくてもう冒険者を名乗れそうにないし』

「スノウまで!?　って、別に切ったとかそういう……」

『それなら私も生きてはいられないわね。幼馴染（おさななじみ）2人に責任を取らせて、それでものうのうと生きているなんて年長者として恥ずかしいもの』

「いや、年長者とかそういうのは……」

『じゃあサンドラも死ぬ。ここがなくなったら居場所なんかないし』

「おい、お前ら何考えてんだよっ!?」

言ってる内容はどれも冗談みたいだが、全く笑えない。

それに彼らは全員が全員本気だ。

どいつもこいつも馬鹿真面目に、一切取り繕う余地なく、死ぬつもりだ。

『何考えてるって言われてもね』

顔を突き合わせて話しているわけじゃないのに、どこか得意げなレインの顔が頭に浮かぶ。

『ボクの人生はボクのものだ。生き死にも、その価値も、ボク自身が決める』

「あ……」

レインのその言葉は何故だか強く俺の胸に刺さった。

それは本当に当たり前なことだった。

レインにはレインの、彼が決めた生き方がある。それは俺が歪めることができるものじゃない。

歪めていいものじゃない。

けれど俺は彼らを死なせたくない。今俺ににじり寄る死に巻き込んでいいわけがない。

一般論に照らせば、俺の方が正しい筈だ。正しい筈、なのに——

『モノグは生きたいの？　それとも死にたいの？』

そんな俺の思考を読んだみたいに、サンドラが純粋な疑問を投げかけてくる。

「俺は……」

『サンドラはモノグと一緒に生きたいよ。１秒でも長く一緒に』

『もちろん、私達全員そう思っているわ。これは私達の我儘……どんなに愚かだと言われても、傍から見ておかしいと指を刺されても、決して曲げられないから』

『モノグ、アタシ達はどんな手を使っても、どんなにアンタを追い込んだとしても、アンタを苦しめたとしても、アタシ達の勝手を貫き通す。アンタに助けを求めさせてみせる』

『生きる時も死ぬ時も、ボクらは一つだ。全員がいて100％……それ以外は無い。みんなで死ぬか、みんなで生きるかだ。だから、一緒に生きよう。キミが、少しでも生きたいと思ってくれるなら』

4人の真摯な気持ちが伝わってくる。頭の中に直接響くからこそ、耳を塞いで逃げることもできない。

彼らは決して俺を逃がしてくれはしない。楽な方へと流させてはくれない。常に最高の結果しか求めない。俺達全員が納得するハッピーエンドを手に入れるまで。

けれど、それを否定できるものか。愚かだと一蹴できるものか。

きっと俺達だけがそれを共有できる。

「レイン、スノウ、サニィ、サンドラ……一つだけ、我儘を聞いてくれるか」

『内容によるよ』

「こんな状況で、もう張れる虚勢なんか無いからな」

気が付けば、破壊音はさっきよりもずっと大きくなって、もうそこまであの悪魔が迫ってきているとはっきり分かった。

ただ、さっきまでとは全然違う。頭の中に響く彼らの声だけが、俺の中へと広がっていく。

俺が選んだ常識が塗り替わっていく。俺が本当に望んでいた正しい形に壊れていく。

――いいか、モノグ。如何なる時にも、常に幸福の中にあると考えろ。

俺の歩んできた人生が、選んできた道が、全てが全て正しかったなんて思わない。不幸にしてしまった人だっている筈だし、俺自身、もっと利口で無難な生き方だってできただろう。

けれど、俺はこの生き方を選んだ。自分自身で選び取った。

その結果が、摑んできたものが今目の前に広がる現実ならば――

「ああ、俺は幸せ者だ」

心の底から、そう思えた。

激しい爆発音が空間に響き渡る。目の前の壁から巨大な腕が飛び出し、吹っ飛んだ岩盤が背後の壁を叩き、崩れる。

圧倒的な力。絶対的な破壊。それを体現する存在。

その印象は変わらない。受ける圧も、絶望感も。

ただ、一つだけ新たに生まれたものもある。

「ああ、疑っちゃいなかったけど、これは本当にとんでもないね」

「本当に嫌になるわ。こんな化け物が当たり前のように存在しているなんて」

「でも、やるしかないわね」

「うん」

4つの声が、俺の前から聞こえてくる。

まったく、どいつもこいつも頼もしい背中を向けてきてくれる。

「さぁ、モノグ。一緒に生きようじゃないか。たとえその最期がすぐ目の前にあるとしても、その瞬間まで、ボクら全員でね」

「……ああ」

我らがリーダーの頼もしくも少し後ろ向きな発言に、俺は笑みを浮かべつつ立ち上がる。

さぁ、もう後戻りはできない。そう開き直ってしまえば先ほどよりも随分と気持ちが楽に思えた。

俺は今、ようやく彼らの気持ちが正しく理解できた。

この場にストームブレイカーが全員揃った。それは全員がほぼ死の淵に片足を突っ込んだことを意味する。

（ああ、俺も同じだ。レイン、スノウ、サニィ、サンドラ。お前たちを誰一人として死なせたくない。誰も失いたくない）

誰か1人でも失うことを想像したら身が張り裂けそうになる。きっと、4人はそういう気持ちだったんだろう。

腹を括れ、支援術師。お前の役目を果たせ。

幕が開き、役者は揃った。

お前が全てを望むなら、最高の結末を手に入れたいなら。

全てを賭して、抗ってみせろ。

暴力を司る悪魔

「ギガァアアアアアアアアアッ！！！」

壁に開けた隙間からその凶悪な顔を覗かせたアームデビルは——何故か明らかに俺だけを見据えながら激しい咆哮を放った。

それはレイン達にもハッキリと伝わったらしく——

「モノグ、いつの間にあんなファンがついたんだい？」

そんな皮肉を言われてしまう。咆哮に圧され、声は震えて上擦っていたが。

「さぁな……全く心当たりがねぇよ」

俺もどうせならレインのように美少女に好かれたいものだが、どちらにしろ一心不乱に自分を殺しに来るファンなど御免だ。

なんて、平静を保つために冗談めいたことを考えてみたが、この状況ではただの現実逃避にしかなっていない。

予想を立ててみるのなら、あのアームデビルが何らかの形で敵を感知していて、ダンジョンの壁をゴリゴリ削っている最中に俺をずっとターゲットとしていたからとかだろうか。思い付きだが、案外間違っていない気がする。

ただ、実際問題、今ここで理由を考えたところで明確な答えは出てこないだろう。だったら考えるだけ無駄というものだ。

今は奴が俺を狙っている、という事実が分かっていればそれでいい。

「サンドラ、アームデビルはモノグを狙ってる！　彼のガードをお願いっ！」

「うん。モノグ」

「わかった」

レインが指示を出すと同時にアームデビルが右腕を振り上げる。まるで塔のように見える巨大な腕は、明確な意思を以って俺へと振り下ろされる。

「モノグ」

「うぐっ!?」

サンドラはすぐさま俺の襟首をガシッと摑むと、その小柄に似合わぬ怪力で俺を引っ張り、悪魔の拳を跳んで躱す。

「うっ……!?」

だが、腕を振り下ろしただけで生じた風圧によって吹っ飛ばされ、体勢を崩されてしまう。

それは標的ではない、レイン達も同様だ。

「サンドラ……！」

空中で体勢を崩したサンドラを何とか抱き留め、着地する。しかし、攻撃はこれで終わりじゃない。

奴は俺を磨り潰すまで、何度も何度も腕撃を繰り返すだろう。

「くそっ……ここは狭すぎる。広間に逃げるぞ！」

俺はサンドラを小脇に抱え、同時に彼女の大剣をポケットにしまう。

アームデビルが散々暴れながら進んできてくれたおかげで、俺とスノウが通った〝人間用の通路〟は崩れてしまっていたが、代わりに不恰好な〝魔物用の通路〟が出来上がっていた。

アームデビルに追われながら、瓦礫の山を駆けるのは至難の技にも思えるが――あのまま戦い続けるよりは遥かにマシだ。

支援魔術ロー・ウェイトをサンドラに付与し、彼女の体重を奪う。元々小さく、どこに筋肉が詰まっているか分からないくらい軽いけれど。

「わっ、モノグ」

「黙って掴まってろ」

「う、うん」

珍しく少し動揺したように目を丸くするサンドラを抱きつつ、瓦礫の山を駆ける――いや、跳んでいくと表現した方が正しいかもしれない。

「ギガァァアアアッ!!」

俺という獲物が逃げるのを見て、アームデビルが独特の咆哮を上げつつ追ってきた。

やはり、狙いは俺か。咄嗟の判断とはいえサンドラを巻き込む形になってしまったのが心苦しいが……

「ひうっ」

腕の中のサンドラが咆哮に怯んだように声を漏らした。

かく言う俺も、直接咆哮を浴びせられて、それでも冷静を保っていられるのは奇跡のようなものだ。

何度も壁越しに咆哮を聞いていたことによる僅かな慣れはある。

それに加えて、腕の中のサンドラが怯えた様子を見せたことで、俺がなんとかしなければと気が引き締まったというのも大きかった。

「も、モノグ。サンドラ、自分で走るよ……?」

「震えてる癖に無理すんな。ただ逃げるだけなら俺でもできる。それに、こういう悪い足場を走るのは結構慣れてるんだ。ここは任せてくれよ」

「……うん、分かった。ごめんね、モノグ」

逃げだした俺を、アームデビルはレイン達を完全に無視して追ってきた。

追跡者は20メートルの巨体の持ち主だ。どんなに必死に逃げても歩幅が違い過ぎてすぐに追いつかれてしまう。

しかし、ここはあの悪魔が通る為だけに掘った通路だ。巨体であるがゆえに道幅や高さに余裕は無く、満足に動くことはできていない。

攻撃の軌道も読みやすく、単調にならざるを得ない。注意深く観察すれば、回避すること自体は案外容易(たやす)かった。

(相手の動きが制限されるここで戦うべきか……？　いや、ここで暴れさせて天井が崩れれば俺達は一溜まりもない)

アレと本気でやり合うのなら、動きを制限するより、こちらが自由に動けることを優先するべきだ。

アームデビルには多少の不自由さなどものともしない絶対的な力がある。ダンジョンの壁を易々と破壊し、拳が生み出す衝撃波だけで俺達を易々と吹っ飛ばすだけの力が。

仮に天井が崩れ、生き埋めにされたとしても余裕で生き延びるだろう。むしろそれに巻き込まれて、俺達が身動きをとれなくなってしまえば一巻の終わりだ。

俺達の明らかなアドバンテージはただ一つ。５人いるという数的優位だ。それを活かすにはやはり広い場所で戦えた方がいい。

「モノグ……！」

「ッ……!!」

攻撃の予兆を見切り、確実に躱す。

直撃すれば確実に死ぬ――が、完璧に躱したとて、拳に砕かれた岩が礫となって飛んでくる。衝撃波も襲ってくる。

どれかに怯んで足を止めたら、次こそ直接拳を叩きこまれる……！

（集中しろ……集中、集中……!!）

通路の出口が見えた。それと同時にアームデビルが大きく腕を振り上げる。

（今だッ!!）

その攻撃を、俺はあえてギリギリまで引き付けてから躱した。

スレスレのところを腕が通り過ぎ、強い衝撃波と地面から弾かれた礫（つぶて）が俺の身体を殴りつける。

それらを思いきり喰らい、強く俺の身体が押し出される。進行方向に向かって。

「痛ぁ……ッ!?」

「モノグ！」

「大丈夫だ、サンドラ。この程度……！」

礫が背中に刺さる痛みに思わず呻き声を漏らしてしまう。

サンドラには当たらないよう注意を払いはしたが、当然痛みは消えたりしない。

しかし、彼女の前では虚勢を張り、笑ってみせた。彼女は俺を守るようレインに言われたんだ。それなのに俺に守られているとなれば、きっと気に病むだろう。

そんなこと気にしている場合じゃないと言えばその通りなのだけれど……これは性分と言うべきか。

どうにも俺は自分のことを気にするより、彼女ら、仲間のことを考えている時の方が平常を保てるらしい。

「サンドラ、何度も言うがちゃんと捕まってろよ……お前の出番はこの後にある」

「うん……うん……っ！」

つらそうにサンドラが頷く。いくら俺が虚勢を張ったって、当然俺がダメージを負っていることは分かっているだろう。

それでも、彼女は俺を信じ、身を委ねてくれていた。俺はその信頼に応えなければならない。

「着いた……！」

なんとか受け身を取り、広間へと辿り着いた。大丈夫、まだ生きている。

「ギガァアアアアアアアアッ!!」

だが、アームデビルも同じだ。通路から抜け出てきたヤツは咆哮を上げ、相も変わらず俺達に向かって拳を振りかぶる。

変わらずただ殴る。それだけの単純な動きを繰り返してくる。

しかし裏を返せば、ヤツには技を使い分けるような小細工など必要無いということでもある。

ただ殴る——その単純な攻撃だけで圧倒できるのだから。

それが脅威であり、同時に唯一付け入ることのできる隙だ。

「サンドラッ！」

「うんっ……！」

すぐに拳は振り下ろされる。気を緩めている余裕なんか無い。

俺は咄嗟にポケットからサンドラの大剣を放出する。それをサンドラが器用に手の内に収めるが、
しかし、その間にもアームデビルは拳を構え——

「**フリーズ・キャノン**ッ!!」

「**トルネード・シュート**ッ!!」

広間にスノウとサニィの声が響いた。

そして同時に、アームデビルの後頭部に巨大な氷の槍と、複数本の矢が突き刺さる。

彼女達もアームデビルの背後からこの広場に向かってきてくれていたのだ。

「ギガァァ……!?」

アームデビルは怯み、うっとおしそうに身体を捻り、腕を後方——２人の方へと払った。

「きゃっ!?」

「くうっ……！」

腕の長さは10メートル強。その範囲外から攻撃していた2人に腕が届くことは無かったが、発生した衝撃波によって吹っ飛ばされてしまう。

今の攻撃で向こうへとターゲットが移るかもと思ったが、アームデビルは再び俺の方を睨みつけてきた。

あくまで狙いは俺。スノウ達への反撃は、視界に入ったコバエを払うみたいに何気ないことだっていうのか。その程度の影響しか……！


今の2人の攻撃は非の打ち所がない強力なものだった。

それも完全に不意を衝いたものだ。それが、まるで効いていない。

――勝てない。

抑え込んだはずの後ろ向きの感情が懲りずに湧き上がってくる。

（違う、やめろ。俺は決めたんだ。勝つって……みんなと最後まで生き抜くって！）

「モノグッ!!」

「しまっ……!?」

一瞬。その一瞬の動揺が取り返しのつかない隙を生んだ。

既にアームデビルは溜めの動作を終え、拳を放ち始めている。

駄目だ、今から避けようとしても間に合わな――ッ!?

「モノグッ!!」

サンドラの声が聞こえた――瞬間、俺は後方へと投げ飛ばされた。

俺は宙を飛ばされながら、俺がいた場所にサンドラが立っているのに気が付く。

サンドラが俺を逃がして……!?

「はあああっ!!」

拳の軌道には俺の代わりにサンドラが残っている。

そして彼女は、俺が返したばかりの大剣を大きく振りかぶっていた。

「駄目だ、サンドラッ!」

彼女自身だって分かっているはずだ。正面からアレとぶつかっても結果は明らかだと。

しかし、彼女は俺の制止を全く無視して、アームデビルの攻撃を迎え撃つ姿勢を崩さない。

サンドラはその小さな身体を捩(ね)じり、深い溜めをつけて、叫んだ。

「**壊天覇斬**(かいてんはざん)ッ!!!」

身体が震えた。

アームデビルへの恐怖ではなく、たった1人の、俺より4つも年下の少女から放たれた覇気(はき)によって。

サンドラは普段アーツを叫んだりはしない。

アーツであっても、魔術であっても、技を発動する時は基本、技名を口にするものだ。

何故なら、技名を口に出した方が威力も精度も向上するからだ。

どんな戦士でも、どんな魔術師でも、皆複数の技を有している。そして常に自身の手札の中から状況に適したカードを切らねばならない。カードを切るということは、同時に手札に切らなかったカードが残ることを意味している。

自分の切ったカードが正しいのか、間違いなのか。それは切ってみなければ分からない。しかし、切るからには、そのカードを切った自分自身だけは迷いを残してはならない。

もしも間違えていたら。もしも別の技を出していれば。そんな迷いはただただ技を濁らせてしまうだけだ。

だからこそ、技は口に出す。叫ぶ。その選択が正しいと自身に納得させるために。他の選択肢なんていう退路を断つために。

ただしそれらは発動のための必須条件ではない。言葉を発さずとも技を放つことは可能だ。

例えば、殆どの戦士が当然のように使う〝通常攻撃〟――技と呼ぶほどではない、ただ剣を振ったり、矢を放ったりする程度の攻撃について、当然技名を叫んだりはしない。しかし、それら普通の攻撃も突き詰めればアーツだ。魔物を殺すには、アーツの発動は不可欠なのだから。

しかし、サンドラのように技名を全く口にしない戦士は珍しい。それは美学か、制約か——それとも〝言葉を理解できる敵〟と戦う状況を意識してのものか。

当然、サンドラはアーツを複数習得している。攻撃のバリエーションからも明らかだし、本人から技名を教えてもらったこともある。けれど、彼女は実際にそれらの技を発動する際、名前を口に出したことは無かった。

俺はそのことが気になりつつも、サンドラ本人に聞けたことはない。それはサンドラという冒険者の在り方そのものに触れる行為だ。大切な仲間であっても、そう軽々と踏み込める筈も無い。


サンドラは今、技名を叫んだ。猛々しく、力強い殺意を込めて。

なぜ、彼女がそうしたのか俺には分からない。彼女がどうして普段技名を口にしないのかも知らないのだから。


しかし——どうしてか、身体が熱くなる。

サンドラは必死だ。必死に戦おうとしている。あの巨大な悪魔を前に、技などという攻撃のバリエーションとしない絶対的な暴力を前に、一切怯むことなく。

「うあああああああッ!!」

サンドラの荒々しい咆哮に呼応するように大剣の刃が紫色の光を放つ。

紫電──サンドラのアーツを形作る魔力が、意志が、稲妻となって彼女の力を爆発させる。

「サン、ドラ……」

俺は魅入っていた。普段物静かで感情の起伏の薄い彼女が、こうまで自身を曝け出しているのは初めてで──彼女の放つ熱が俺に伝播してきているように感じた。

そして、同時に思う。


俺は一体、何をしているんだ。


呆然と、受け身を取るのも忘れて、吹っ飛ばされた体勢のまま尻もちをつく俺の前で、サンドラの大剣とアームデビルの拳が衝突した。

「ギガアアアアアアアッ!!」

「ぐ、うぅ……づぅあああああッ!!!」

凄まじい爆発が彼女らを中心に巻き起こった。目を開けていることも難しい爆風に、それでも俺は必死にその場でふんじばる。

大人しく吹っ飛ばされる──そんなことはできなかった。サンドラが俺の盾になって必死に戦ってくれているというのに、どうして、俺は……!

「う、あぁっ!?」

「サンドラッ!?」

爆風の向こうでサンドラの悲鳴が上がった。

衝撃波によって地面が抉れ、砂埃が激しく巻き上がる中で彼女の姿見えない――が、別のものは見えた。

砂埃を巻き上がらせるように、巨大な柱が天井に向かって伸びている。あれはアームデビルの右腕だ。

サンドラの大剣とぶつかり、そして競り負け、弾かれ、仰け反っているんだ。

「凄い……」

あの悪魔を、悪魔の象徴である凶悪な腕を、サンドラはたった1人で圧倒したのだ。

たとえストームブレイカー全員が揃っても無残に殺されるだけだという悲観を、彼女は1人で否定してみせた。

同時に気付かされる。俺はただ逃げるだけで――〝形だけの抵抗〟を取り繕っていたに過ぎないと。

ストームブレイカーの全員をここに転移させ、それでもまだ、本気で勝てると、勝とうと振り切れていなかった。

サンドラの攻撃はただ一度アームデビルの攻撃を弾いただけで、すぐにまた攻撃態勢へと移る
——邪魔をしたサンドラを叩き潰そうと、その目に爛々と怒りの炎を宿らせて。

一度は弾いたその拳が、再びサンドラに向かって振り下ろされる。

しかし、サンドラは動かない……攻撃の反動で動けないんだ……！

拳が無抵抗なサンドラを押し潰す——かに見えたその瞬間、

「サンドラッ!!」

レインが間一髪のところで飛び込み、彼女を救い出した。

直後、拳が地面を叩き、衝撃波で3人揃って吹っ飛ばされる。

「いたた……なんとか間に合った……」

レインは安堵したように深く溜息を吐く。

にしても、サンドラもサンドラだが、コイツもコイツで化け物だな。

ほんの瞬き程度の一瞬にサンドラを救い出すなんて、とんでもないスピード——

「この……馬鹿モノグッ！」

「うぐっ!?」

そんなレインは起き上がるなり、俺の顔面を思いきりぶん殴ってきた。

それをモロに食らい、俺は間抜けに倒れてしまう。

「れ、レイン……」

「どうして殴られたか、分かってるよね、モノグ」

「っ……！　ああ……分かってる……」

どれだけ自分が愚かか、嫌というほど自覚している。


全員生き残るためには勝つしかない。

そう理解していたはずなのに、俺は無自覚の内にアームデビルに降伏し、及び腰になって、敗北を当然のものだと思ってしまっていた。

頭では勝つんだと自身を鼓舞しても、実際は負けても仕方が無いって……！


サンドラが技名を叫ぶことが珍しいだって？　俺にそんなこと、偉そうに分析する権利なんてあるものか。

だって、俺は……俺はこの広場に辿り着いてから一度だって、支援魔術を口にしちゃいない……！


技を口にすることは、即ち自らの意志を立てるということ。迷いを断ち切ること。

俺は技名を口にしなかった。それは手札の選択ではなく、戦ったって無駄だって、最初から諦めてしまっていたからだ！

俺の迷いがサンドラを殺しかけた。レインが間に合ったから良かったじゃない……そもそも、彼女があぁも身を挺して危険な賭けに出なければならなかったのは俺が油断したからだ。

今、サンドラの手には彼女が愛用していた大剣は無い。いや、正確には柄より先……刃が折れてしまっている。おそらくアームデビルと衝突した時に耐え切れず、砕かれてしまったのだろう。

全て俺の弱さが招いた。楽観が、諦めが、迷いが……俺がみんなの足を引っ張っている……！


「ギガァァアアアアア!!」

「ッ……！」

「大丈夫だよ、モノグ」

アームデビルの咆哮に身構える……いや、身を竦ませる俺を、レインが制する。

「「やらせないわよっ！」」

俺が彼に疑問を向ける前に、そんな力強い声が2つ、広場に響く。

スノウとサニィだ。

2人はそれぞれ、攻撃魔術と矢を放ち、アームデビルへと牽制を仕掛けていた。

「2人がアームデビルを引き付けてくれる。生半可な攻撃じゃアイツは見向きもしてくれない。渾身の一撃も気を引けるのはほんの一瞬だ。常に強い一撃を、連続して何度も何度も撃ち込まなきゃいけないんだ——そう長く続けられるわけもない」

それは俺も理解している。でも、あれじゃあ2人はどんどん消耗していくだけだ。稼げる時間だって限られて——

「簡単じゃないのは分かってる。けれど、それでも2人はあの役目を買って出てくれたよ。必要だって分かっているんだ。こうしてモノグと話すことがね」

「役目……」

レインは静かにそう言いながら俺に近づき、俺の襟首を摑み上げる。

「ボクはこのストームブレイカーのリーダーだ。みんなを率いる責任を負っている。でもね——」

彼は俺を強く睨み、彼の中に渦巻く感情の全てを曝け出して言った。

「選ぶのはモノグ、君だ。ただ黙ってこのまま当然の運命として全員の死を受け入れるか。それとも、無謀だと分かっていても勝つために、みんなで生き残るために最後まで抗うか——それを決めるのはボクじゃない。君が決めるんだ」

モノグ

俺にとってサポーター……いや、支援術師であるということは誇りであり、同時に呪いだ。


そもそも俺は支援術師にはなりたくなかった。

最初、俺は……アタッカーを目指していたんだ。

武器を扱う戦士でもいい。攻撃魔術を扱う攻撃術師でもいい。

前線に立ち、魔物を相手に切った張ったの大立ち回りを見せる……そんな存在に憧れていた。


俺はアタッカーになる為に色々なことを勉強した。

武器の特性、魔物の種類や適切な立ち回り方、攻撃魔術の教本・理論書……あらゆる知識を詰め込み、実践してみる。

子供の頃、俺の住んでいる場所の身近にダンジョンは無く、相手は精々丸太で作った案山子くらいなものだったが——結論から言ってしまえば、それで十分だった。

自分にアタッカーとしての才能が無いと自覚するには。

武器の扱いはそこそこだったと思う。攻撃魔術の理論についてもしっかりと理解するところまで落とし込めた。

しかし、どうやったって俺は、魔物を殺すためのアーツも、攻撃魔術も使うことができなかった。

金槌が水に浮かばないみたいに、人間が鳥のように空を羽ばたけないみたいに。

どうしたってできないのだ。何度挑戦しても一歩たりとも前に進むことがない。

どんなに試行錯誤(さくご)しても、結果は同じ。

俺にはアタッカーの才能が無い――その事実だけが虚しく跳ね返ってくる。


そんな俺を見て、俺を親代わりに育ててくれた人、師匠はよく笑った。

お前には才能が無いんだからさっさと諦めろ。

そんな到底子供に向けるべきでない残酷な言葉を平気でぶつけてきた。

けれど、師匠を責めるつもりはない。大人げないとは思うけれど。

なぜなら、師匠は俺を支援術師として育てるために、俺を引き取ったのだ。

『なぁ、モノグ。才能とはどういうものだと思う』

ある日、師匠は突然そんなことを言い出した。

普段は俺が案山子に木剣を打ち込むのをニヤニヤしながら見ているというのに、その時ばかりは真剣なまなざしを浮かべていたのが印象的だった。

『才能ってのはな。そこに至るまでに積み重ねてきたあらゆることを指すと私は思っている』

師匠は俺の返事を待たず、けれど俺がちゃんと理解できるように丁寧に言葉を紡いでいく。


師匠は俺に、彼女自身の過去について話し始めた。

師匠はある小さな農村の出身だという。両親がいて、彼女がいて、弟が1人。4人家族で慎ましくも不自由のない暮らしを送っていたらしい。

ある日、彼女がまだ俺くらいの年だった頃、彼女の母が病にかかった。流行り病などではなく、感染の恐れはないが、しかし当時としては珍しい奇病だったという。

特効薬もまだ見つかっておらず、希望があるとすれば回復術師による魔術的な治療のみ。しかし、母の奇病を治せるほどの回復術師は少なく、そして依頼料もとんでもない額で、とても彼女の父の稼ぎでは払えるものではなかった。

『母はあっけなく死んだよ。その病は激しい痛みを伴うものだという。しかし、母は最期まで笑っていた』

師匠は昔を懐かしむ様に言った。いや、実際に懐かしんでいたのだろう。彼女の目に映っているのは、俺の知らない彼女の姿だ。

『私は病で母を亡くした。その時の悲しみや無力感は今でも忘れることはできない。支援術師となり、病を治す回復魔術を修めた今でもなお、な。苦しんでいる人がいれば、どうしたって母を重ねてしまう』

師匠はそこまで話し、苦笑した。

俺はどういう顔をしていいのか分からなくて、ただ黙って俯(うつむ)いているしかなかった。

『モノグ。私がお前を支援術師として相応しいと思ったのは、決してお前の力を見てじゃない』

師匠の優しい声に、俺は顔を上げた。


俺の力。その言葉に心臓がぎゅっと掴まれた感覚がした。

俺は師匠に拾われるまで、とある施設で育った。そこは『最高の冒険者を生み出す』という理念の下(もと)、物心つく前の子供達をかき集めた、常識から乖離(かいり)した非人道的な実験を施す機関だった。


俺がそこで教え込まれたものは——支配魔術。

支配魔術は魔物でなく人に作用する。その性質を逆手に取り、人の感覚を操り、強化・弱体し、支配下に置く……人を操り、殺すための力だ。

『嫌なことを思い出させたな』

俺の表情から察したのか、師匠は優しく俺を抱きしめた。

『お前は世間の常識から遮断された世界で育った。醜い大人達に操られ、何人も殺めてきた……でもな。そんな世界で育ったお前が、私と出会った時、「もう殺したくない」と言ったんだ。お前は醜い世界で、誰に教わるでもなく優しい心を手に入れた。それは本当に素晴らしいことなんだ。痛みを知るからこそ、お前はお前の力を正しく使える……そう私は信じている』

師匠は優しく、俺の背中を撫でながら、ゆっくりゆっくり言い聞かせてくれる。

俺は、支援術師になれば、俺は自分の力と向き合わなくてはいけなくなる。それが怖かった。

師匠はそんな俺の心なんてとっくに見抜いていたのだろう。彼女はただ黙って見守ってくれていたのだ。

『モノグ、私が教える支援魔術は人を支配する技じゃない。誰かを支え、助けるための力だ』

師匠は俺を抱きしめて、優しく囁いた。

『いつかお前にも、心の底から信頼し、共に生きたいと思える仲間ができるだろう。その時は、自分を曝け出すことを恐れるな。私が病気に伏した母を前に抱いた無力さが今、私をお前の前に立たせてくれているように、いつかお前の後悔が、消したい過去が、お前の大切な人を救うことになる。私はそう信じている』

師匠がそんな話をしてくれたのはそれが最初で最後だった。

それからわずか数年後、師匠はダンジョンで遭難した冒険者を捜すための捜索隊に加わり、そのまま帰らぬ人となった。

結局俺は師匠に自分の成長した姿を碌に見せることができないまま、独りぼっちになった。

ストームブレイカーの一員になったのは、ただの偶然と言う他ない。

偶々行きついたペイズリーのギルドで、フリーの冒険者として登録し、様々なパーティーにスポットで参加させてもらいながら日銭を稼ぐ。

大した目的も野心も無く、ただ取りあえず生きている――そんな日々の中で偶々出会ったのがレイン達だった。

レイン、スノウ、サニィの3人組は、全員が全員浮世離れした美形の集まりだ。レインのことだってぱっと見、女の子だと勘違いしたくらいだ。

どこかの貴族様がちょっとした火遊び気分でダンジョン見学にでも来たのだろうかなんて勝手に思いつつ、初めてダンジョンに潜るという彼らに、先輩冒険者として軽くエスコートする気持ちで同行し――面食らった。

不慣れ故の拙さ(つたな)はあったものの、彼らは皆、かつてアタッカーに憧れ、多くの知識を詰め込んだからこそ分かる、輝かしい才能を有していた。

もっと彼らと冒険してみたい。

それはこれまで色々なパーティーと組んできて、初めての感覚だった。

しかし、俺のようなフリーのサポーターは多く存在する。ギルドに紹介を頼めばいくらでも選択肢があるわけだし、今日初めて組んだ彼らが俺を専属で雇ってくれるなんてのはあまりに虫の良い話だ。

と、思っていたのだけれど……

『モノグさん。その、本当に不躾なことなんですけど、良かったらこれからも一緒に組んでもらえませんか？』

そう言ってきたのはリーダーであるレインだった。当然彼の独断ではなく、スノウもサニィも納得していたようで、俺に断る理由はなかった。

そして、彼らのダンジョン攻略には毎回同行するようになった俺は、いつしか正式にパーティーに加わり、ストームブレイカーなんていう大仰な屋号を背負うこととなる。

今、俺を見つめるレインの目には、初めて会った時の遠慮なんか微塵も残っちゃいない。

彼の目には強い信頼と期待が込められている。

俺がどんなに情けない姿を晒しても、彼は決して俺を見限ったりしない。

きっと今も俺がなんて答えるか分かっている……いや、信じているんだ。

俺は必ず、立ち上がるって。

「なんだか随分と昔のことを思い出したよ。それこそ、今のお前と同じような視線を、毎日、不躾に浴びまくったもんだ」

「こんな状況で昔を懐かしむなんて随分と余裕じゃないか、モノグ」

「かもな。けれど、おかげでようやく腹は括れた。レイン、どうか俺に――いや」

そこまで口にして、止まる。レインは不思議そうに、僅かに眉をひそめた。

俺は今、『どうか俺に力を貸してくれ』と言おうとした。けれど、それは違う気がする。

ストームブレイカーはこれまで俺の支援魔術を軸に戦ってきた。俺の支援魔術を中心に据えた作戦に沿って。けれど、それは対等とは言えるのだろうか。

ストームブレイカーのみんなは俺のことを信頼してくれている。世間のサポーターに対する評価を気にせず……いいや、気にしている分、余計に気を遣ってくれているのかもしれない。

でも、それは間違っている。遠慮や特別扱いは俺達を4人と1人に分けてしまう。

拒絶されるのが怖いとか、本当の自分を知られるのが嫌だとか、そういう感情は信頼に濁りを生じさせる。

勝つために、生きて明日を迎えるために……変わるなら今だ。

4人と1人じゃない。

本当の意味で、5人で1つの存在にならなければ、アレには勝てない。

だから――

「いいや、決めるのはお前だ。リーダー」

俺は全てをリーダーに託す。それこそが冒険者パーティーとしてあるべき正しい姿だ。

「モノグ……」

「この世界に、主役も、脇役もいない。誰もが特別で、特別じゃない。だからこそ、俺は胸を張って――自分の意志で、お前たちのことが大好きになったんだって言えるんだ」

彼らが特別だから一緒に居たいと思うんじゃない。彼らが、彼らだから。

俺は主役でも脇役でもない。俺は俺として生き、俺として、彼らと一緒に生きていたいと思える。

「だから、リーダー」

「……うん。分かった。モノグ、どうか力を貸して……あ」

レインが突然言葉を切り……そして恥ずかし気にはにかむ。

「力を貸して、なんて変だよね。だってボクらは家族なんだから」

「家族……？」

レインの言葉に俺はつい呆けた声を漏らしてしまう。

俺に家族はいない。物心がついた時から施設にいた俺は本当の家族というものを知らないし、師匠とも家族と呼べる関係だったかは……もう、分からない。

けれど、もしもストームブレイカーが。レインが、スノウが、サニィが、サンドラが俺の家族なら。

「そうか……家族か」

「モノグ？　ボク、何か変なこと言っちゃったかな……？」

「……いいや。嬉しいよ。俺には家族ってもんは無かったから」

ストームブレイカーは家族。そう思うと胸が温かくなる。嬉しくて、つい頬が緩んでしまう。

守るためならなんだってできると、勇気が湧いてくる。

「それじゃあモノグ。改めてだけど」

「ああ」

「勝とう。勝って、みんなで帰ろう」

コイツがリーダーで本当に良かった。

彼の言葉には力強さがある。いつ、どんな時でもあせることのない輝きがある。

サンドラは大剣を折られ、スノウとサニィは今必死に敵を引き付け消耗している。そういう意味ではもう万全なのはレインくらいしか残っていない。

敵はただ殴るだけの単純さ故に体力の限界など考えるだけ無駄だろう。隙も少なく、ハッキリ言ってかなり絶望的な状況だ。

けれど……手はまだ一つだけ残されている。

これから起こることに何一つ上手く行く保証なんかないし、何の抵抗もままならずに死ぬなんてことも十分あり得るだろう。

それでも腹は括った。誰一人欠けることなく、俺達は勝つ。

言葉にするのは簡単だ。だから、簡単に、当たり前に、実現させるんだ。

その為にはどんなリスクだって背負ってみせる。今の俺だからできる方法でパーティーに貢献してみせる。

一方的に支えるんじゃない。支配するわけでもない。

俺は、みんなと共に生きるために、俺の全てを、忌まわしき過去を解き放つ。

支配魔術――それは原理的には支援魔術ととても似ている。

そもそも支援魔術は魔物ではなく人間に作用する魔術だ。傷を癒したり、身体能力を強化したり、魔力を高めたり……パーティーメンバーが有利に戦闘を行えるようサポートするのが支援魔術の主な役割になる。

しかし、それはあくまで程度による話だ。

視力を極限まで強化すれば、光による刺激も強まり、逆に視力を奪うことができる。

身体能力を向上させ、その状態に慣れたところで一気に奪い取れば、普通の状態がマイナスになったように感じられる。

病を治す薬が毒でできているように、支援魔術という薬は摂取方法を調整することで人の身体を壊すことができてしまう。

その特性をとことん極め、身体の延長線上に存在する人の心を壊し、制御し、操る……それを大人たちは嬉々として『支配魔術』と呼んだ。

俺はこの力で何人もの心を破壊してきた。

善悪の区別などない。俺にとっては当たり前で……どこかでおかしいと分かっていても止められるものではなかったから。

その過程で手に入れた支援魔術のノウハウのおかげで、独自な支援魔術を開発できるようになって、今こうして支援術師として生きていけているわけだが……その根底に支配魔術がある以上、俺は決してその力も、過去も、捨てることはできない。

何度も捨てたいと思った。何度も消し去りたいと願った。

けれど、そう願った分だけ、そんなこと叶うわけがないと納得してしまっている。

この力は呪いだ。しかし同時に、俺にしかない特別な〝才能〟だ。

才能とは、そこに至るまでに積み重ねてきたあらゆることを指す。

今俺がいる場所、ストームブレイカーの支援術師として至るまでに得てきたものの全てが俺の力だ。

経験も、性格も、好みも。アタッカーに憧れ、無謀な挑戦を続けた日々も。支配魔術を嫌い、自ら蓋をし遠ざけた過去も。

全てが、俺の才能なんだ。

「師匠、地の底に消えたアンタが、お星さまになって見守ってくれてんのかは分かんないけどさ……俺、見つけたよ。自分の居場所を。何よりも大事だと思えるものを」

何度も苦しみ、何度も死を願い……しかし、その日々があったからこそ、俺はストームブレイカーのみんなに出会えた。

全てが今日という日に繋がっている。そして明日より先へと繋がっていく。

「だから、守ってみせる。今の俺を。俺の全てを賭して」

常に幸福の中にある。貴方のくれた輝きはいつも俺の胸の中に生きている。だから――

「俺はこの絶望も、全て幸福だって笑ってみせる。ストームブレイカーのみんなと一緒に！」

手のひらの上に、丁寧に魔力を紡いでいく。スノウとサニィがくれる時間はもうものの数秒しか残されていないだろう。

それでも、十分だ。かつて俺はこの力を呼吸するように放ち、手足以上に軽々と操っていたのだから。

支配魔術は人の尊厳を奪う悪しき猛毒だが、毒は時に薬にもなる。

忌まわしき過去を、俺は才能として、支援術師の力に開花させる。

「心を操るんじゃない。繋ぐんだ。みんなの想いを」

4人を1人が支えるのが支援魔術。1人が4人を支配するのが支配魔術。

これはそのどちらでもない……これは5人で戦うための力。

「共鳴せよ、**ソウル・リンクッ**!!」

その瞬間、世界が塗り替わった感覚がした。これは俺の錯覚か、それとも実際に世界が変わったのか。

けれど、どちらにしろ、悪い気分じゃない。

「さぁ、行こう、ストームブレイカー。その名の通り、立ちはだかる嵐を討ち払ってやろうぜ！」

自分の身体が羽のように軽くなるのを感じながら、俺は一歩踏み出した。

嵐を討ち払う者

「ギガァァアアアア!!」

「ぐ……もう、これ以上は……!?」

咆哮に押されるようにスノウが弱音を漏らす。

10メートル近い腕による薙(な)ぎ払いを喰らわない距離を保ちながらも、アームデビルの気を引けるだけの威力を持った魔術を放ち続けるというのは、ただひたすら全力疾走を繰り返すような苦痛を彼女に与えていた。

メイジタートルの討伐の時から魔力の多くを消耗している。

それでも常に限界以上の魔術を放ち続けなければ、アームデビルの足止めは叶わない。

「スノウちゃん、頑張って！　もう少し……！」

そうスノウを鼓舞するサニィも、声に余裕は残っていなかった。

彼女が愛用する弓は連射による負荷で軋(きし)み、ぎりぎりと悲鳴を上げている。

何度も強く矢を絞る動作によってグローブもほつれ、彼女の指からは血が滲み始めていた。

そして何よりも遥かに深刻な問題として、矢のストックが切れつつあった。矢筒に最大量詰められていた矢はもう数本しか残っておらず、それらが尽きれば当然、サニィから戦う手段が消えることを意味する。

（これだけ撃ってまともにダメージも与えられないなんて……！）

物量も、一つ一つの技も、一切手を抜いてはいない。サニィが今出せる全力だ。

しかし、アームデビルに消耗は見られず、ただ気を引く程度にしかなっていないというのは、敵の様子を見れば明らかだった。

絶望という見えざる手が首元まで伸びてきた錯覚が彼女達を包む。

しかし、それでも膝をつかずにいられるのは希望があるからだ。今、その希望をレインが起こしに行っている。

「ってさ、アタシ達、本当に情けないわよね」

「ふふっ……そうね」

モノグを助けると息巻いて、２人にできたのは精々足止め程度。

アームデビルはモノグが言う通り、いや、言う以上の絶望を感じさせた。放たれる威圧感はドラゴンの比ではなく、その強靱（きょうじん）な腕に殴られれば四肢は千切れ絶命することは明白。

その上こちらの攻撃は通用せず、ただ消耗するばかり。

彼女達はどうしたって敵わないという絶望から逃れるため、希望をたった一人に背負わせることしかできなかった。いつでも自分たちを支え導いてくれる少年へと。

希望があるからこそ勇気が生まれる。しかし、同時に無力さも痛感させられてしまう。

「私達、いつの間にかモノグ君に色々と背負わせてしまっていたのね」

「サニィ……？」

「モノグ君ならなんとかしてくれる、絶対に立ち上がってくれるって勝手に、一方的に期待して……私達が好きになったのは彼の強さだけじゃなくて、弱さもだったのに」

「そうね。アイツなら何とかしてくれるって……でも、そうじゃないわよね」

「ええ、モノグ君が私達を支えてくれるみたいに、私達もモノグ君が立ち上がれない時は支えてあげたい……私達まで折れてしまっていたら、彼は独りになってしまうもの」

「それは良くないわね。アイツ、結構寂しがり屋だし」

緊張に強張っていた2人の表情が、ほんのすこし和らいだ。

互いにガス欠寸前ではあるが、それでも卑屈に俯くことなく、互いの武器を構える。

「牽制なんかじゃない。これでぶっ倒すくらいの気持ちでやるわよ、サニィ！」

「ええっ！」

そう言葉を交わし合った直後だった。

「――ッ！　!?」

　2人の中に何か、奇妙な感覚が流れる。

　暖かくもあり、冷たい。心地好く、しかしどこか気持ちが悪い。何とも名状し難い感覚に、思わず2人は顔を見合わせた。

「サニィ、アンタも!?」

「え、ええ……これって……」

　2人は戸惑いながらも、すぐに答えへと辿り着く。身体の奥から力が溢れ出し、そして同時に外からも流れてくる感覚――こんなことが突然、何の理由もなく起こる筈がない。

「モノグのやつ、アタシ達になんの断りもなく新しい何かを試そうとしてるわね……？」

「みたいね。いつもいきなりやるのはやめて欲しいって言ってるのだけど」

　突然身体能力が向上するのは、術を掛けられる側にとっては中々の違和感だ。

　モノグはそれでも、「お前たちなら十分適応できるだろ」などと遠慮なく打ち合わせに無い支援魔術を掛けることがあるのだが――

「まぁ、慣れるしかないわね」

「ええ。モノグ君がこうして支援魔術を掛けてくれたってことは、何か意図があるんだろうし……でも、これ、少し変じゃない？」

「確かに……」

何か、普段モノグから受ける支援魔術とは決定的に違うように感じられた。

自分たちに付与された魔術は普段以上に〝モノグらしさ〟を感じさせた。そして同時に、離れているレインやサンドラの存在も近くに思わせる。

「ねぇ、サニィ？　なんだかよく分からないけれど……」

「ええ……よく分からないけれど、やれそうな気がする……！」

全身に力が漲（みなぎ）るのを感じながら、2人は再び武器を構える。

今度は口だけの虚勢ではない。先ほどまで一切敵うイメージが湧いてこなかったアームデビルに対しても、一切負ける気はしなかった。

――サンドラ、お前の武器は必ずお前に届ける。だから、あの悪魔を討てる場所まで……高く跳んでくれ。
モノグはそう言葉を残し、一人アームデビルに向かって走り出してしまった。
サンドラは彼の護衛として、反射的に追おうとし――しかし、そんな彼女の肩をレインが掴み、止める。
「彼に任せてみよう、サンドラ」

「レイン……でもっ」

「大丈夫さ。彼の目……ボクはあの目が大好きなんだ」

モノグの背を見つめ、レインは表情を蕩(とろ)けさせる。

もしもモノグが振り向けば、さすがの鈍感男でも彼が〝彼女〟であることを察するだろう。

「ああいう目をしている時のモノグは凄くカッコいいんだ。切り取って部屋に飾りたいくらい」

「レイン、怖い」

「あはは、今のはさすがに冗談。でも、サンドラも分かるでしょ?」

「……うん、わかる」

サンドラは前方を見つめ、ぎゅっと拳を握り込んだ。

先ほどのアームデビルとの一合で、大剣だけではなく、サンドラ自身の腕も甚大なダメージを負っていた。外見ではすぐに判別できないが、両腕は辛うじて繋がっているだけで、中の骨はバキバキに砕け散っていたのだ。

その痛みに意識を奪われそうになりつつも、一切顔に出さない――いや、出せないのがサンドラという少女だ。レインもモノグも、彼女の腕の様子に気が付いた様子は無い――そう、彼女は思っていた。

しかし――

(治ってる……いつの間に)

気が付けば腕の痛みが引いていた。触れてみれば、しっかり骨が繋がっているようだった。

いつの間にかサンドラの怪我に気が付いたモノグが、彼女にも分からない内に治したということだろう。

感情表現が下手くそな彼女のことをモノグはいつもなんてことない顔をして気が付いてくれる。

それがサンドラにとって、何よりも嬉しいことだった。

「……うん、大丈夫」

サンドラの中に安心感が生まれた。今のモノグであれば心配はいらない。全てを委ねられると。

「あ、でもどうしよう。高く跳べって」

「さぁ……モノグ、よく説明端折(はしょ)るからなぁ。多分、何か重くて大きいものを上から叩きつけようとしてるんじゃない。ほら、ドラゴンの尻尾とか。モノグのことだからポケットに入れてるのかも」

「なるほど」

納得したように頷くサンドラだが、言った本人であるレインは、言っていて違和感に気が付く。

(でも、ポケットは自分から離れた場所に仕舞った物を取り出すことはできない筈……それに高く跳び上がるっていっても、サンドラはボクみたいに壁を蹴って高く跳ぶ、みたいのは得意じゃないし……)

その疑問を口にすべきかどうか悩んだ一瞬、彼女達の全身を〝何か〟が駆け巡った。

「ッ!?」

「これ……モノグの支援魔術……？」

普段とは明らかに違う感覚だが、モノグによる支援魔術としか言い表せない奇妙な感覚に戸惑う2人。

しかし、すぐにその違和感は形となって姿を現す。

「え……？　スノウ、サニィ!?」

『この声、レインなの!?』

「あれ、どうしてスノウの声が聴こえるの？」

『サンドラちゃんも……良かった、無事で……』

アームデビルを挟んだ対岸にいる筈のスノウとサニィの声がレイン達の頭の中に響いた。まるで、地上からワープポイントを通してモノグと話した時のように。

『良かった、成功したみたいだな』

「『『モノグっ！』』」

『うおっ!?　4方向からうるせぇな!?』

『あ、アンタ、何よコレ!?』

『ワープポイントを介した会話でちょっとイメージ摑んでな。いつでもできるわけじゃないし、さっきのはワープポイントを開通させたのに対する副次的なものだったから、まぁ原理は全く違うんだけど……』

涼し気に、何事もないように会話を交わすモノグではあるが、レイン達の視覚が正常に状況を映し出しているのであれば、今、彼は正に攻撃を受けている真っ最中だ。

レイン達を奇妙な感覚が襲った直後あたりから、アームデビルは足元に激しく拳を撃ち込み始めていた。当然、これまでの行動に照らし合わせれば、モノグをターゲットにしてのものだということは明らかだ。

しかし、当の本人から聞こえる声は全くそんな状況を感じさせない。普段通りの落ち着いた声で話している。


ゾクッとレインの身体に鳥肌が走った。

もちろん悪い意味ではなく、興奮による鳥肌だ。

(何か、始まってる。ボクの想像もつかない何かが)

過度な緊張も、自信もない。

いつも通りであるということが何より説得力を感じさせた。

「モノグ、キミは一体、何をしたんだい？」

『ソウル・リンクって俺は名付けた。今、俺達は互いの感覚を共有している』

『感覚を……？』

『ああ、魂って置き換えてもいいかもな。魂ってのはそれぞれの肉体に格納されていて、混ざり込まないように遮断されてるんだけど……って、口で説明しても上手くいく気がしないな。とにかく、今の俺達は互いの声が離れていても聞こえる……いわば、テレパシーができる状態ってこと！』

「モノグもできるの？　支援魔術なのに」

『ああ。まぁ、正確には支援魔術じゃないんだけど……とにかく、大丈夫だ。それに、ただ会話ができるってだけじゃないぜ』

モノグの言葉は、レイン達も既に感じていることだった。

先ほどからどんどんと力が溢れてきている。同時に外からも力が流れ込んでくる感覚――モノグから受ける能力向上の支援魔術に近いが、それだけではないようだ。

「これは……」

『互いの感覚を共有している……つまり、身体が覚えている動きとかもそうだし、それに俺がお前らに掛けてる〝支援効果〟もそうだ』

「支援効果……？　それってモノグ……!?」

『ああ。４人に掛けた分がそれぞれに掛け合わさって……つまり普段の16倍の効果ってことになるな』

『16倍……!?　ど、どういう原理よそれ!?』

『だから話しても謎が深まるだけだって』

モノグが苦笑する。この余裕は、彼にも支援効果が掛かっていることによるものなのだろうと、レインは咄嗟に理解した。

支援魔術は術者本人には作用しない。そのため、レイン達アタッカーがどれだけ強化をされても、モノグは生身そのままの身体能力しか所持できなかった。

しかし、レインは知っている。モノグが自分たちに決して劣らない戦士としての素質を持っていると。ただ一つ、アーツを使うことができないという致命的な欠点を除けば、武器の扱いや体捌き(さば)には目を見張るものがある。

それこそ、本人が乗り気でないのでいつもとは言えないが、レインが立ち合いを頼めば、彼女の全力にしっかりと付いてきてくれる程だ。

そこに16倍もの支援効果が加わっているとなれば——最早あのアームデビルの殴打がモノグを捉えることはないだろう。

『コイツは俺が引き付ける。ていうか、最初からずっとそうだったしな。でも、俺はこいつを倒せない。やるのはお前たちだぜ』

「うん、分かってる」

『モノグ君、バーストは使わないの？』

『ああ。この状態じゃアレは発動できないんだ。独りよがりな魔術だからな。だから真っ向から、力と力をぶつけ合うしかない』

そうモノグは楽しそうに笑う。とても彼の状況からは考えられない感情だが、しかしその余裕はレイン達に勇気を与えてくれた。もう、絶望など消え失せたのだと。

『さぁ、行こうぜ、ストームブレイカー。振り落とされるなよ……！』

レインとサンドラは互いに顔を見合わせ、頷き合うとそれぞれ地面を蹴った。

最早迷いも何も無い。ただ当然に戦い、当然に勝つ。それだけなのだから。

（うぇ……なんて非効率な魔術だよ。こんなんで、俺はアイツらを支えてるなんて偉そうに言ってたのか）

モノグはレイン達を通して自身へと返ってくる支援魔術を受けつつ、渋面を浮かべていた。

本来自分が受けることのできない支援魔術ではあるが、支配魔術ソウル・リンク下においては、〝パーティー全体へと付与される魔術〟に限り発動でき、同時にモノグもその恩恵を受けられる。

パーティー全体に付与できないバースト、アナライズなどは発動できず、今の彼にはアームデビルの残ＨＰは視認できない。

（まぁ、倒すって結果に変わりはないんだからいいけどさ）

対象者を絞る支援魔術は「５人で１つ」という輪を乱す。〝ストームブレイカーという１つの集合体〟を生み出すというのがソウル・リンクの肝なのだ。

実際、リスクも存在し、維持だけでもモノグの魔力をガンガン喰らっていくが、それでも効果は絶大だ。

(魔力の無駄遣いを減らし、伝達率を向上……ああ、馬鹿！　こっから無駄に流れちゃってるじゃねぇか……！)

モノグはアームデビルのパンチを軽々と回避しつつ、パーティー全体へと付与した支援魔術を改良していく。

その結果がすぐに自身に反映されるというのも良かった。普段はかけっぱなし——それこそ独りよがりで終わっていたのだ。実際に支援魔術をアタッカー達がどう受け取っているのか、モノグは初めて知ることができた。

そしてこのソウル・リンクの効果は離れた相手とも会話ができ、支援魔術がアタッカーの数だけ重複して付与されるだけではない。

「サニィ、矢を補充する」

『えっ!?　あ……ありがとう！』

サニィの矢筒に直接ポケットから矢を取り出して渡す。

ポケットからのアイテムの収納・取り出しは術者の手が届く範囲でしか行えないが、感覚を共有している状態であれば、それぞれのアタッカーの近くにまで範囲が広がる。

「スノウ、俺の魔力を使え！」

『はぁ!?　そんなこともでき――って、熱っ!?　アンタの魔力熱い！』

ソウル・リンク下においては魔力の受け渡しも自由。

維持に魔力を奪われ、支援魔術も発動し――魔力消費も甚大だが、元々モノグの所有魔力は一般人のそれではない。

幼い頃から非人道的な実験を受け、その副産物として超常的な魔力量を保有しているのだ。

同時使用のキャパシティ制限があるため、発動できる限界は常識の範囲内に収まるが、彼に魔力切れという限界はほぼ存在しない。

そして、ネックであるそのキャパシティもソウル・リンクによって増えている。魔術を使わないレインやサンドラの分まで、自由に使えるのだから。

「なんだこれ、すっげぇ楽しい……！」

いつもよりも自由に動ける。自由に魔術を扱える。発動できる魔術の種類に制限がついているものの、そんなものは微々たるものだ。

今現在もアームデビルから拳を落とされ続けているというのに、それが一切気にならないほど、モノグは高揚していた。

『聞こえてるわよ、ばーか』

「んげっ。聞くなよ、スノウ」

『聞こえちゃうのよ。ねぇねぇ、もっと魔力頂戴よ』

「はぁ？　さっき渡した分が残ってるでしょうが」

『いいじゃない別に。アンタ随分余ってるみたいだし。なんだか人から魔力貰うのって気持ちいいのよねっ』

そう楽しそうに笑うスノウ。

だからといってサボっているわけでもなく、現在進行形で氷結魔術を遠慮なく放ち続けている。

その手には愛用の杖はなく、手に入れたばかりの指輪だけがあった。

「スノウ、早速使いこなしてるみたいだな」

『ま、まぁね。せっかく手に入れたんだし……それに、さっきまでは上手く反応してくれなかったのに突然やる気だしたのよ。今だったら、とんでもない魔術だって放てる気がするわ！』

自信満々のスノウの言葉に、モノグは頬を緩めた。

彼女がどれだけ絶好調なのか、今のモノグにはよく分かっている。

『まぁ、その会話も聞こえているんだけどね、スノウちゃん』

『うっ……!?』

『魔力の譲渡かぁ。ねぇねぇ、ボクにもやってよモノグ』

「別にレインには必要無いだろ。魔術使わないんだし」

『それじゃあ私は？』

『サンドラも』

「サニィにもサンドラにも必要ありませんっ！　ていうか、随分と余裕だね君たち……」

そう若干引いたように言うモノグだが、感覚共有によって彼らが一切手を緩めるどころか、むしろより激しく攻撃をしていることは分かっていた。

戦場に似合わない余裕さ。しかし、弛緩しているわけではなく、どんどんと調子を上げていく
――その自由さが実にストームブレイカーらしい。

悪く表現すると「若さにかまけた勢い任せ」とでもなるのだろうか。そう思いながらも、しかし、モノグはそれが悪いこととは思わない。

（それが俺達らしさだっていうなら、もっと勢いに乗ってやる。ソウル・リンクは場の支配……もっと、この戦場を沸かせてやるさ！）

支援魔術も防御より攻撃的に、ストームブレイカーの長所を伸ばすように調整・追加していく。

『モノグ、サンドラも……！』

「ああ、お前にはとっておきだっ！」

ソウル・リンクにより〝レイン並の俊敏性〟を手に入れたサンドラは、壁を蹴り上がり――アームデビルの頭上まで移動していた。

当然、それを感じ取っていたモノグは、彼女の手に新たな武器を転送する。それは――

『あ、あれって!?』

反射的に叫ぶスノウ。

モノグがサンドラにポケット経由で渡した武器は——本来のエクストラフロアの主である甲冑が所持していた大剣だった。

「偶々落ちてるのが視界に入ったんだ。あの甲冑だって、いきなり自分をぶっ壊したアームデビルに復讐したいだろうし、丁度いいだろ？」

『抜け目ないわねぇ、アンタ……』

「使えるものはなんでも利用するのが冒険者ってもんだ！　いけっ、サンドラ!!　そいつもダンジョン産の武器だ。思いっきり叩きつけてやれ!!」

『うんっ』

サンドラはしっかりと大剣を握り込み、空中で構える。

ずっしりとした重さはあるが、モノグの支援魔術が存分に乗った今、何一つ問題はない。

『はあああああああああっ!!』

サンドラの声が広場に響き渡る。

最早技名を叫んだりはしない。その必要は無かった。

アームデビルがそうであるように、今、彼女の中に溢れる力には小細工は必要ない。

彼女の全身を超える、刃渡り2メートルの大剣を、落下の勢いに合わせて思いきり振り下ろした。

「ギィイァァアアアアア!?」

モノグを殴るだけでなく、サニィとスノウによる遠距離攻撃に意識を取られていたアームデビルの頭部を大剣が叩き割る。

今までの咆哮とは明らかに質の違う、明らかな悲鳴。

初めて、死を感じさせるアームデビルの叫びに、ストームブレイカーは更に一段と高揚する。

「さすがだぜ、サンドラ！」

『えへへ』

モノグからの惜しみない賛辞に、珍しく年相応に頬を緩ませるサンドラ。

彼女の振り抜いた大剣は、アームデビルの頭頂部から、右目、鼻先へバッサリ裂いていた。そして、完全に勢いが消えると同時にモノグが大剣をポケットへと戻し、サンドラは身軽に戻る。

「ギガァァアアアアアアッ!!」

痛みからか激しい怒りを込めた咆哮を放ち、アームデビルが右腕を振るう。

空中に投げ出されたサンドラにそれを躱す術はないが、

『サンドラッ！』

鋭く壁を蹴り、宙を舞ったレインが、拳より先にサンドラを回収する。

「よっしゃあ！　さすがレイン！」

『お褒めの言葉どうもっ！　スノウ、サニィ！』

『オーケー！　サニィ！』

『よく見えるわ……！』

レインに呼応し、サニィが矢を放つ。そしてそれに追従するようにスノウが攻撃魔術を放った。

狙いは当然、サンドラが切り開いた傷跡だ。これまでは硬い剛毛に阻まれ、まともにダメージを与えられなかった2人だが——

「ギィァガアアアァッ!?」

矢と攻撃魔術は正確にサンドラの作り出した割れ目を射抜き、その痛みからまたもやアームデビルは悲鳴を上げた。

『よっしゃあ！』

『効いた……！』

「発達した腕で全てを破壊し、硬さと柔らかさのいいとこどりな体毛で全てを防ぐ——どうやら温室でぬくぬく育った分、痛みには耐性が無いみたいだな……！」

『ちょっとモノグ！ アタシ達のこともちゃんと褒めなさいよ!?』

「ええっ!? あ、ええと……さすがサニィ！ 相変わらず溜息が出るくらい正確な射撃だな！」

『ありがとうモノグ君。感覚共有って凄いのね。私にとっては死角でも、レインが見えているのが分かるから狙いもつけられるし』

「いや、だからって問題無く射抜けるのは凄いだろ……」

『ちょっとサニィだけ褒めてんじゃないわよ！ アタシのこともちゃんと褒めなさいっ！』

最早重苦しい緊張感は完全に消え失せた。

当然ここが死地であることに変わりはない。しかし、生真面目すぎない明るさや、互いが互いを信頼するからこそ得られる安心感は確かに彼らの強みだ。

そして、彼らが彼ららしさを取り戻していく分だけ、ソウル・リンクはより強固に、その効果を増していく。

『ずあっ！』

空中で軽やかに身を翻し、レインが双剣を叩き込む。普段の彼の俊敏な動きに加え、サンドラのような強靭さも宿す剣劇は傷口を抉り取るに留まらず、その亀裂を確実に広げていく。

『みんな、一気に叩き込むよ！　モノグもちゃんと支援してよね！』

「当然！」

『よぉおし！　全部ぶつけてやるわっ！』

『ええ……終わらせましょう！』

『問題無く、殺すよ』

ソウル・リンクにより、互いの高揚が互いを高め合っていく。

手負いのアームデビルもがむしゃらに抵抗するが、互いの感覚を共有し、そして一切の無駄がないモノグの支援魔術を受けた4人には掠りさえしなかった。

「ギガアアアアアアアッ!!」

『うっさいのよッ!!』

荒々しく振るわれたスノウの右手から放たれた氷の波が、アームデビルの顔面を凍結させる。

『アンタには悲鳴を上げることも許さない……!　お願い、サニィ!』

『ええ、任せて。容赦は……しないからっ!』

サニィは何本もの矢をつがえた弦を引き絞り、放つ。

同時に宙を掛ける魔力を帯びた矢は、人間であれば急所の存在する部位——心臓や鳩尾、脇の下、膝やアキレス腱など、アームデビルの各部位を撃ち貫く。

そして、猛威を振るい続けたその巨体が初めて膝をついた。

『崩した……!　レイン!　サンドラちゃん!』

『了解ッ!』

『叩き切る……!』

視界と機動力を奪われたアームデビルを、レインの双剣とサンドラの大剣が襲った。

サンドラの破壊力を手に入れたレインの双剣が、鉄壁のように思われたアームデビルの皮膚を容赦なく切り裂く。

レインの機動力を手に入れたサンドラの大剣が、絶え間ない剣撃によって動きを封じ込める。

そして——

「見えた……!」

モノグは、自身の支援魔術によって得た超感覚を以って、見つけた。

4人の激しい攻撃を受けてもなお、アームデビルが絶命することは無い。

しかし、攻撃から身を守ろうと、無意識の内に身体が動く。自身の急所を打たれぬようにと。

「それが道標だ……！　お前を殺すための……！」

モノグは指揮者のようにその手を振るう。

ソウル・リンクによる一番の恩恵は、累乗する支援魔術による強化ではなく、言葉通り、全員の魂が1つに繋がることだ。

そしてそれは彼らが持っていた——仲間の為に、ちっぽけな人間如きが敵うはずのない暴力の体現者へと立ち向かう意思を強く束ねる。

確定していた筈の、死という結末を力ずくで捻じ曲げる。

「レイン、スノウ、サニィ、サンドラ。お前らの……いや、俺達の力で、討ち払うッ！！！」

レインとサンドラの放つ斬撃が、スノウの攻撃魔術が、サニィの矢が、モノグの魔術の下でひとつの力へと重なり、混ざり合い、そして——

未来を塞ぐ絶望の嵐は散った。

彼らは成した。
ストームブレイカー――その名が示す通りに。

(なぁ、師匠)

命を失い、崩れ落ちる巨体を見上げながら、モノグは亡き師へ言葉を紡ぐ。

全身を満たしていた力が抜けていく。声を出す力さえ、彼にはもう残っていなかった。

しかし、彼に悲壮感はない。ある筈がない。

力が消えても尚、彼の中には仲間たちから貫った想いが確かに在り続けているのだから。

(これが俺の辿り着いた居場所……ストームブレイカーだ)

彼の頬を一筋の涙が伝った。

立ち続けることも出来ず、ゆっくりと膝から崩れ落ちていく。

(俺は幸せだよ)

急激な眠気に意識を奪われながら、モノグは安らかに笑みを浮かべる。


地の底で命を散らした師の魂が、今も尚地の底を彷徨っているのか、それとも空の星に溶けたのか……彼には分からない。

それでも彼は意識を失う最後の瞬間、師が今の自分を見て、笑顔で褒めてくれたような気がした。

彼らの居場所

「んん……」

ボーっとしつつ目を開ける。妙に身体が重く、怠い。全身も痛い。

目を覚ますなりそんなネガティブな感情に襲われる俺の視界に、不意に影が差す。

金色のサラサラとした髪。快晴のような碧眼。溜息が出るほどの美形――レインだ。

「やぁ、おはようモノグ」

「おはようレイン……なんとか生きてるみたいだな」

「うん、ちゃんと全員ね。怪我もないよ」

「そいつは良かったぁ……」

ニコニコと笑うレインは実にいつも通りだ。一瞬、あの世に住み着くという天使か何かかと思ったけれど。

……あれ？　ていうか、このレインの顔の位置。そして、俺の後頭部を優しく包み込む、この柔らかな感触は……？

「ッ!?」

「わぁっ、いきなり起き上がらないでよ。ビックリするじゃんか」

「いや、なんでお前、俺に膝枕なんかしてるんだよっ!?」

そう、俺はレインのお膝の上で眠りこけていた。なんでよりにもよって男の膝枕……!?

狼狽える俺に対し、膝枕をするために丁寧に太もも部分だけ防具を外した姿のレインは、なぜか指でピースサインを作る。

「理由はこれだよ」

「はぁ……?」

意味が分からず、他に状況を知る者がいないか見回してみたのだが――

「ぐぅ……油断した……千載一遇のチャンスが……」

「疲れてついパーを出しちゃったのよね……ああ、レインがそういうの見逃す筈ないのに……」

「策士……」

何故だか、女子3人はそんな呪詛のような言葉を吐きながらぐだっとしていた。

ま、まぁ激しい戦いだったもんな……？

俺が倒れたことでソウル・リンクや支援魔術は消え、平常時との落差から精神的に来ているのかもしれない。そっとしておいた方が良さそうだ。

「……お前は元気そうだよな」

「うん？　元気だよ。むしろ絶好調」

「そ、そうっすか」

確かにレインだけやけにピンピンしているように見える。俺なんて眠りこけて尚まだまだ倦怠感抜けないというのに。なんという体力バカ……鬼メンタル……。

「にしてもさ、俺のことなんかそこら辺に転がしといてくれりゃ良かったのに」

「なんかって、また卑屈になってるの？」

「違うから。ただ、男が男に膝枕って、なんていうか、そういうのが好きな人以外嬉しくないだろって話で」

「そういうの……？　ああでも、モノグ」

「ん」

「実はずっと黙ってたんだけどさ、ボク――」

「ちょーちょちょちょ！　レインッ！　ちょーっと話があるんだけどっ！」

「わっ!?　スノウ!?」

何かを打ち明けようとしたレインに、突然復活したスノウが摑みかかり、引っ張っていく。

それに対して俺はただただ呆気にとられるしかない。正直全然頭も働かないし……。

「モノグ君、ちょっといいかしら？」

「なんだ、サニィ」

「アレ、どうしようかって」

「アレ？　うわっ……ああ……なるほどね」

アレとは即ちアレである。アームデビルの死骸だ。

広場の中央に倒れる死骸は、頭からドロドロの何かを垂らしつつ、動く気配を見せない。

「ええと、生きてないよな？」

「絶命は確認済み。動き出す可能性もゼロじゃないけど」

「……いいや、やめよう。口に出すと本当に起こる気がしてくる。もう手遅れかもだけど」

そう言いつつ、アナライズを発動し、死骸を視る……と、HPは0を示していた。大丈夫だ、ちゃんと死んでいる。

「良かったぁ……」

「ふふっ、お疲れ様」

ようやく倒した実感を得て、深く溜息を吐く俺。そんな俺にサニィが優しく笑いかけつつ、頭を撫でてくる。

子ども扱いされているみたいで恥ずかしいが、なぜだか落ち着く自分がいた。あーこれが母性ってやつかー。

「モノグモノグ。解体、する？」

「え、ああ……そうだな。せっかく倒したんだし、特にこの毛皮は金になるかもしれない」

冒険者の基本として、倒した魔物の素材は一応確保しておくというのが基本だ。

魔物は一部の魔物を除き基本食えないし、明らかに使えない部位もあるので、そういうのは破棄していくけれど。

今回のアームデビルだと、筋肉部分はあまり使えそうにない。肉は加工が難しいしすぐに腐るからな。

そういういらない素材は放っておけば自然に消滅する。ダンジョンが消化しているなんて言われるけれど、真偽のほどは不明だ。

「欲しいのは皮、爪、あれば骨とかかな」

「解体するよ、解体」

俺が渡した甲冑の大剣を引きずりながらサンドラが手を挙げる。

強化時は軽々と振るっていたサンドラだが、未強化だとやっぱり重いらしい。

なんたって未知の技術が使われたダンジョン産の武器だ。ポケットに入れる時触れはしたが、素材も何も分かったもんじゃない。

「よし、じゃあ支援魔術を……ひぇあ……？」

「あっ、モノグ君っ!?」

サンドラに支援魔術を掛けようとした俺だったが、急激な虚脱感に襲われ、ふらついてしまう。

そんな俺を慌ててサニィが抱き留めてくれた。ついでにおっぱいが当たって……うん、イイ。

「あっ、モノグ、アンタ魔術使っちゃ駄目よ。魔力切れ起こしてんだから」

「魔力切れ……？」

「うん、顔色とか呼吸の乱れとか……全部魔力切れの症状だもの。まぁ、あれだけの魔術展開して、さらにガンガン上乗せして、アタシにも魔力渡して——魔力切れして当たり前よ。ていうか、アンタ化け物なの？　どんだけ魔力持ってんのよ信じらんない」

「あれ、褒められてる？」

「褒めるというより、引いてる」

スノウは実に正直だ。自分でも底の見えない魔力量だと思っていたけれど、ちゃんと底があったんだなぁ。

なんだかちょっとだけ嬉しい。人生初魔力切れですよ。あー、しんどい。

「あのさ、モノグ。さっきみたいに魔力譲渡ってできないのかしら？」

「え？」

「いやー、そのー、アタシ、アンタのおかげで結構力あり余っちゃっててさ」

「そいつぁ良かった。でもあいにく、魔力の譲渡はソウル・リンク発動中しかできないな」

「ふぅーん……？」

スノウは納得したように頷きつつ、しかし何故か少しばかり緊張したように顔を強張らせている。

「あのさー……アタシ、聞いたことがあるんだけど」

「何を」

「魔力ってさぁ、そのぉ、き、キスで受け渡しができる……とか、なんとか……」

スノウはぐいっと顔を近づけ、サニィやサンドラには聞こえないよう、囁くようにそんなことを言い出した。

思わず面喰らう俺だが、スノウは顔を真っ赤にしながらも眼差しは本気だ。ちょっと涙目だけれど。

「……俺もそれはちっとばかし聞いたことがあるけど、確かできないって証明されたんじゃなかったっけ」

「へ？　そうなの？」

「なんでも夜の方がご無沙汰になってる魔術師のカップルが口実作りででっち上げたのが噂の出所だとかなんとか……」

「よ、夜の……へ、へぇ……」

「てかさ、スノウ。お前、その話が本当だったとして、俺とキスがしたいなんて思うのかよ」

「なっ……!?」

つまりそういうことだと思うのだけれど、スノウはまるで初めて気が付いたみたいに顔を真っ赤にした。

魔力は十分みたいだが、頭に酸素は回っていないのかもしれない。スノウも殆ど休みなしだったもんなぁ。

「アタシはアンタがリバ、、、ースしたら困るから心配してるってだけよっ！」

「そ、それは……こんな状況じゃあゼロじゃないけど」

リバースとは魔術師用語で、「ポケットを維持することができず、その中身を吐き出す」ことを意味する。

ポケット自体は魔力切れになっても勝手に解除されたりはしないが、何かしらの刺激的なきっかけで発生しうる。

特に俺は魔力切れの経験なんて初めてで、全然この状況に慣れちゃいない。何が起きてもおかしくなんかないぜ……？

「スノウ、あまりモノグをからかっちゃ駄目だよ。逆にそれが原因でリバースしちゃうんじゃない？」

「うっ、レイン……！」

回らない頭でどう返すのが正解か悩む俺に、そう助け舟を出してくれたのはレインだった。彼はスノウに肩を組み、仲睦まじげに頬を寄せる。

あれれ？　なんか距離感縮まってない？　ていうか、それをサニィ達は良しとするのか？

まさかここで修羅場に発展しちゃうんじゃあ……なんて思いつつサニィとサンドラの方を見ると、2人はなぜか温かな眼差しをレイン達に向けていた。

「さ、モノグ君。2人の邪魔しちゃ悪いし、私達はやるべきことをやりましょうか」

「ちょっ、待ちなさいよ!?」

「あれは照れ隠し。そっとしとこ、モノグ」

なんだか色々分からないことだらけだけれど、楽しそうだしいっか。そう片付けることにした。

それこそ、変に考えすぎればリバースする危険性を高める。

満腹の時に、それでもご飯を食べなきゃいけないのと同じだ。無心こそ唯一の活路なり。

というわけで俺はレインとスノウのことは頭の外に追い出し、サニィに指示を任せ、サンドラが解体した素材をひたすらポケットに詰め込むだけの男と化すのだった。

一つ、ヒヤッとすることに、ワープポイントはアームデビルの拳によって粉々に砕かれてしまっていた。
しかし、解析したおかげもあって、なんとか一部修復でき、そして、魔力供給を阻害していたアームデビルも排除したことで、俺達はようやく——
「あー！　帰ってきたぁー！」

もう随分と久しぶりに感じる外へと帰還を果たすことができた。

随分と時間が経っていたらしく、外はすっかり暗くなっていた。

ああ、それでも確かに地上だ。あの満天の星はダンジョンの天井なんかとは絶対に見間違えたりはしないからな。

ようやく生還を実感できた俺に、緊張の糸が切れたのか、どっと疲れが押し寄せてきた。

魔力切れによる不調も相重なり、正直これ以上歩けそうにない。

「俺もうここで寝る……」

「こら、モノグ。外で寝っ転がらないの」

「お前は母親かよ」

有言実行とすぐさま寝っ転がる俺に対し、レインは呆れたように頬をぺちぺち叩いてきた。

確かに転がるのは良くない……と思いつつ、なんとか壁を背に座り込む。ああ、足に力が入んねぇ……。

「なぁ、みんな。こんな体勢で悪いんだけど……1つだけ、いいか」

「なにさ、モノグ？」

「悪かった」

座り込んだままの、謝罪には適さないなんともだらしない姿であるが、これだけは言っておかなきゃいけない。

「俺はお前たちのことを信じられず、1人で死のうとした。それをどうしても謝りたくて――」

「はぁ……そんなこと？」

「え」

俺の謝罪を、レインは溜息一つで一蹴した。

見れば彼だけじゃない。スノウも、サニィも、サンドラも、みんな呆れたような顔をしている。

「モノグ君。貴方が謝るべきはそんなことじゃないわよ」

「え……」

「貴方が謝罪しなくちゃいけないのは、貴方が貴方自身を軽んじたことだわ」

サニィはそう、優しく俺を抱きしめながら言った。

なんだろう……凄く安心する。優しく、温かく……あの人を思い出させる。まぁ、サニィの方がよっぽど優しく、女性らしいと思うけれど。

それと同時に彼女の言葉が確かに俺の中に染み込んでくる。彼女の、いや、彼女達の想いと共に。

「誰一人欠けちゃいけないんだからね。アタシ達はアタシ達全員でストームブレイカーなんだから」

「ああ……って、最初にスタンドプレーに走ったお前に言われてもなぁ……」

「なっ！　そ、それはまぁ……」

「大丈夫。スノウにはちゃんと後で説教するから」

「ちょ、レイン⁉」

「それにちゃあんと聞かないといけないからね……その指輪のこととか、もーっと詳しく、ね？」

レインはニヤニヤと意地悪な笑みを浮かべながら、スノウの右手――その薬指につけられた指輪に触れる。

「こ、これは……」

「まっ、後でね」

じっくりとじらすように、レインは話を打ち切る。

しかし、スノウにとっては逆にキツいだろうな。羞恥からか顔を真っ赤にして、左手で指輪ごと右手を握り締めるスノウを見れば明らかだ。

まぁ、確かに今回のことを遡っていけば、そもそもの始まりはスノウにあると言えないこともない。ならば俺が口をはさむべきじゃないな、うん。

「モノグ。もう、辞めたいなんて思わない？」

「え？」

不意にサンドラから向けられた言葉に俺は思わず呆けた声を漏らしていた。

サンドラは俺に視線を合わせるようしゃがみ込み、真剣なまなざしを真っすぐ向けてきている。

同時に、俺を離しつつもまだ傍にいてくれるサニィ、レインとスノウも、じっと俺を見つめてくる。皆一様に、その目にほんの僅かの不安を浮かべながら。

——もしも俺のサポートが意味をなさなくなるくらい、彼らが強くなったら。その時こそ、彼らが栄光を摑む時だ。だからそれまで、俺も頑張ろう。ストームブレイカーの一員として彼らを支え続けよう。


ああ……なるほど、どうやら俺が考えていたことなんかコイツらには筒抜けだったらしい。

そして、不安にさせてしまっていたんだな。彼らが俺にとって、それこそ身体の一部に思えるほど大切な存在であるように、彼らにとってもそうなのだから。

「大丈夫だよ、サンドラ。それにサニィ。レイン、スノウも。もう変なことは考えないさ」

サンドラの頭を優しく撫でながら、全員を見渡す。

ああ、どいつもこいつも本当に良い奴らだ。俺は彼らと出会えたことを本当に誇りに思う。

「ソウル・リンクは……あの術の根幹に有るものは、俺にとって忌むべきものだった。けれど、だ、だったなんて思えるのは……俺にこの力があって良かったって思えるのは、お前たちと出会い、一緒に居られたからだ。だから——」

自然と頰が緩む。「許されるのなら」なんて、ちんけなことはもう言わない。

俺は幸福だ。幸福の中にいる。ここが、俺が歩んできた結果手に入れられた居場所ならば、俺の意志はたった一つだ。

「俺はずっとお前たちと一緒にいたい。いや……いる。もしもお前たちが俺のことを『いらない』って言っても、絶対に離れてなんかやらねぇからな」

ここは俺が、多少どころでない無理をしてでもしがみつくべき場所だ。そしてそれを彼らが望んでくれるのならば、何一つ遠慮する必要なんかない。

レイン達は皆、驚いたように目を丸くしたものの、すぐに嬉しそうに笑う。そして——

「よぉし！　それじゃあボクらの生還祝いでパーッと飲みにでも行きますか！」

「って、おい、今からか!?　正直もう意識ぶっ飛びそうなんだけど……」

「疲れてるのはみんな同じだよ。でもこういう時に飲まずしていつ飲むって言うのさ！　そうだよね、みんな！」

「もっちろん！」

「そうねっ」

「サンドラはジュースだけど。でも賛成っ」

どうやら俺以外はみんな乗り気らしい。なんて元気なんだ。これが若さ……殆ど同い年みたいなものだけど。

「モノグ、ボク達だって決して君を離すつもりはないよ」

レインはそう微笑んで、俺に手を差し出してくる。

見れば全員、随分といい表情をしてやがる。これは朝まで……いいや、朝を過ぎてもずっと、というコースかな。

でも、うん。悪くない。

「わかったよ。付き合うさ。いつまでだってな」

レインの手を掴み、立ち上がる。足元はふらつくが、そんな俺を彼はすぐに支えてくれた。


これから先、何が待ち受けているかは分からない。

今日以上の困難が襲い掛かってくるかもしれない。

俺や仲間たちの過去や因縁が道を阻んでくるかもしれない。

けれども、何が起きたとしても——俺は、最期の瞬間まで『ストームブレイカー』だ。


俺は彼らと共に生きていく。

この世界で、どこまでも。

あとがき

この度は、「雑用係兼支援術師はパーティー追放に憧れる　～世間は追放ブームなのに、俺を過大評価するパーティーメンバーたちが決して手放そうとしてくれない～」をご購入いただき、誠にありがとうございます。

僕は作者のとしぞうです。そしてこれはあとがきです。書くことないです。

書くことがないのでここまで12万字以上書いてきた本作「雑用係兼支援術師はパーティー追放に憧れる　～世間は追放ブームなのに、俺を過大評価するパーティーメンバーたちが決して手放そうとしてくれない～」の話をします。

タイトル長いですね。スペース込みで迫真の69文字です。

SQEXノベルさんの創刊ティザーサイトにタイトルを載せていただいたんですが、この作品が一番タイトル長かったです。オイラがナンバーワン！　やったね！

そんな本作は同名タイトルでＷＥＢ公開していたものを、編集さんにご助言いただきながらパワーアップさせたものになっています。

レーベル自体の立ち上げ準備もあり忙しい中、精力的にご助力いただけたこと、本当に感謝しています。編集さんのお力添えがなければ、この作品がこうも綺麗に纏まることはなかったと思っています。最高です。ワンダフルです（猛烈な擦り寄り）。

（ところでレベルとレーベルって似てますよね。ワードくんが揺らぎじゃないかと不審がってます）


そして、書籍版を飾るイラストを描いていただきました、クロがねや先生にも感謝です。僕のふんわりほわわんとしたキャラクターイメージを書き殴ったテキストファイルからよくもここまでのものを仕上げていただけたと……もう、最高です。

本当にありがとうございます。ＰＣの壁紙にさせていただいてます（自己申告）。


また、ＳＱＥＸノベルを立ち上げてくださったスクウェア・エニックスの皆様にも感謝です。この創刊がなければ当然この作品がこんな形で出せることはありませんでした。

創刊、おめでとうございます（取って付けたように）。

最後に、勿論のこと、こうして本作を買ってくださった読者の皆様、またＷＥＢ版から応援してくださっていた皆様にも深く、深く感謝申し上げます。

僕は皆様の応援があってこそ、作家として存在できています。

特にこの「雑用係兼支援術師はパーティー追放に憧れる」は本来１章部分の短編で幕を下ろす筈だった作品です。その続きを書けたのは「面白い」と応援してくださったＷＥＢからの読者さんのおかげです。

そして今、この本を買ってくださった皆様の応援によっては、２巻とか、３巻とか、さらに先の物語を書かせてもらえるかもしれない――

そう思うと、本当に作家というものは多くの方に支えられていると実感できます。


この「雑用係兼支援術師はパーティー追放に憧れる」は、冒険者としてのメインプレーヤーであるアタッカーを支える、サポーターという脇役に見えないこともないポジションの少年が主人公の作品です。

ですが、紛れもなく主人公です。どんなに凄い人も必ず何かに支えられてそこにいます。彼はそんな、彼が凄いと思う人たちを輝かせるために頑張る主人公として描きました。

読者の皆様の目に、彼が魅力的な主人公として映ってくれれば嬉しいです。

もちろん本作はこの巻で綺麗に纏められたと自負していますし、仮に続刊するとして「あれ、これ逆に続きどう書くの……？」という気持ちもありますが、もしも続きを書くチャンスをいただけましたら、常に作品の世界と、そして読者様や関係各位、作品を取り巻く多くの方々への敬意と感謝を以って臨めればと思っています。

と、あとがきなのか宣誓なのか分からなくなってしまいましたが、なんとか上手く纏まった雰囲気がするのでこれで締めさせていただきたいと思います。

またこうしてあとがきに何を書こうと悩める日が来ることを切に願っております。

２０２１年冬　としぞう

SQUARE ENIX WEB MAGAZINE
ガンガンONLINE
オンライン
月/木更新
アプリは
毎日更新
GC ONLINE
毎月12日発売
不機嫌なモノノケ庵
ワザワキリ
月刊少女野崎くん
椿いづみ
スライム倒して300年、知らないうちにレベルMAXになってました
原作：森田季節（GAノベル／SBクリエイティブ刊）漫画：シバユウスケ
キャラクター原案：紅緒
性別「モナリザ」の君へ。
吉村旋
たとえばラストダンジョン前の村の少年が序盤の街で暮らすような物語
原作：サトウとシオ（GA文庫／SBクリエイティブ刊）作画：臥待始
キャラクター原案：和狸ナオ
わたしの幸せな結婚
原作：顎木あくみ（富士見L文庫／KADOKAWA刊）漫画：高坂りと
キャラクター原案：月岡月穂
私がモテないのはどう考えてもお前らが悪い！
谷川ニコ
魔法陣グルグル2
衛藤ヒロユキ
最強WEB雑誌！
https://www.ganganonline.com/

月刊ビッグガンガン
BG
毎月25日発売
BG COMICS ビッグガンガン 毎月25日発売
薬屋のひとりごと
原作：日向夏（ヒーロー文庫／主婦の友インフォス）
作画：ねこクラゲ 構成：七緒一綺
キャラクター原案：しのとうこ
シノハユ
原作：小林立
作画：五十嵐あぐり
父は英雄、母は精霊、娘の私は転生者。
原作：松浦（カドカワBOOKS）
作画：大堀ユタカ
キャラクター原案：keepout
ゴブリンスレイヤー
原作：蝸牛くも（GA文庫／SBクリエイティブ刊）
作画：黒瀬浩介
キャラクター原案：神奈月昇
怜－Toki－
原案：小林立
漫画：めきめき
史上最強の大魔王、村人Aに転生する
原作：下等妙人（ファンタジア文庫／KADOKAWA刊）
漫画：こぼたみすほ
キャラクター原案：水野早桜
千剣の魔術師と呼ばれた剣士
作画：黒須恵麻
原作：高光晶（角川スニーカー文庫／KADOKAWA）
キャラクター原案：Gilse
BADON
オノ・ナツメ
●SHIORI EXPERIENCEジミなわたしとヘンなおじさん ●結婚指輪物語
●ハイスコアガール DASH ●ヒノワが征く! ●咲―Saki―阿知賀編 episode of side-A
●ブサメンガチファイター ●やはり俺の青春ラブコメはまちがっている。―妄言録― 他

YOUNG GANGAN
ヤングガンガン
毎月
第1・第3
金曜日発売
YG COMICS ヤングガンガン
毎月25日発売
八雲さんは餌づけがしたい。
里見U
その着せ替え人形(ビスク・ドール)は恋をする
福田晋一
咲-Saki-
小林立
不器用な先輩。
工藤マコト
ナイツ&マジック
原作：天酒之瓢（ヒーロー文庫／主婦の友インフォス）
漫画：加藤拓弐
キャラクター原案：黒銀
ゴブリンスレイヤー外伝：イヤーワン
原作：蝸牛くも（GA文庫／SBクリエイティブ刊）
作画：栄田健人
キャラクター原案：足立慎吾／神奈月昇
兄の嫁と暮らしています。
くずしろ

SQEXノベル

雑用係兼支援術師はパーティー追放に憧れる

～世間は追放ブームなのに、俺を過大評価するパーティーメンバーたちが決して手放そうとしてくれない～

著者
としぞう

イラストレーター
クロがねや

2021年2月5日　初版発行

発行人
松浦克義

発行所
株式会社スクウェア・エニックス
〒160−8430
東京都新宿区新宿6−27−30　新宿イーストサイドスクエア
（お問い合わせ）スクウェア・エニックス　サポートセンター
https://sqex.to/PUB

印刷所
図書印刷株式会社

担当編集
稲垣高広

装幀
山上陽一（ARTEN）

ISBN978-4-7575-7062-7 C0093　　Printed in Japan